THE QUEEN OF CRIME
繁體中文版
20週年
紀念珍藏

法蘭克福機場怪客

阿嘉莎・克莉絲蒂——著
朱輝軍——譯

Passenger to Frankfurt

策畫者的話

通俗是一種功力

吳念真（導演、作家）

通俗是一種功力。絕對自覺的通俗更是一種絕對的功力。

這樣的話從我這種俗氣的人的嘴巴說出來，大概很多人要笑破褲底了。不過，笑完之後請容我稍稍申訴。這申訴說得或許會比較長一點，以及，通俗一點。

小時候身材很爛，各種遊戲競爭完全任人宰割，唯一隱遁逃避的方法是躲起來看書或聽大人瞎掰。那年頭窮鄉僻壤的小孩能看的書不多，小學二年級時最喜歡的是超大本的《文壇》，老師借的。看著看著，某天老師發現我的造句竟出現：「捧著：朝陽捧著一臉笑顏為群山剪綵」這樣亂七八糟的文字，就拒絕再讓我看那些超齡的東西了。

老師的書不給看，我開始抓大人的書看。一種是厚得跟磚塊一樣的日文書，對我來說那完全是天書，但插圖好看，經常有限制級的素描。另一種書是比較薄的，通常藏得很嚴密，只是裡面有太多專有名詞、重複的單字和毫無限制的標點，比如「啊啊啊」、「……！！！」

老讓我百思不解。有一天，充滿求知欲地詢問大人竟然換來一巴掌後，那種閱讀的機會和樂趣也隨著消失了。

所幸這些閱讀的失落感，很快從大人的龍門陣中重新得到養分。講到這裡，我似乎先得跟一個村中長輩游條春先生致敬，並願他在天之靈安息。

我所成長的礦區，幾乎全是為著黃金而從四面八方擁至的冒險型人物，每人幾乎都有一段異於常人的傳奇故事。這些故事當事人說來未必精采，但一透過游條春先生的嘴巴重現，有時連當事人都聽得忘我，甚至涕泗縱橫，彷彿聽的是別人的故事。

條春伯沒當過日本兵，可是他可以綜合一堆台籍日本兵的遭遇，一如連續劇般從入伍、受訓、逃亡荒島，面對同鄉同袍的死亡，並取下他們的骨骸寄望帶回故鄉，乃至骨骸過多搞不清哪是誰的等等，讓聽的人完全隨他的敘述或悲或笑，彷彿跟他一起打了一場太平洋戰爭。此外他也可以把新聞事件說得讓一個三、四年級的小孩，到現在仍記得當時腦中被觸動的畫面。例如當年瑠公圳分屍案的凶手做案之後帶著小孩到安東街吃麵（這讓我一直以為台北的安東街是條專門賣麵的街道），還有甘迺迪總統被暗殺、賈桂琳抱住她先生、安全人員跳上飛快的車子保護賈桂琳……當然，這記憶全來自條春伯的嘴巴而不是報紙。我的記憶全是畫面，有畫面，是因為條春伯說得精采，說得有如親臨他至死都還搞不清地理位置的達拉斯命案現場。

於是這小孩長大後無條件地相信：通俗是一種功力，絕對自覺的通俗更是一種絕對的功力。透過那樣自覺的通俗傳播，即使連大字都不識一個的人，都能得到和高階閱讀者一樣的感動、快樂、共鳴，和所謂的知識、文化自然順暢的接軌。也許就是因為這些活生生的例子，俗氣的自己始終相信：講理念容易講故事難，講人人皆懂、皆能入迷的故事更難，而能隨時把這樣的故事講個不停的人，絕對值得立碑立傳。

條春伯嚴格地說是有自覺的轉述者，至於創作者，我的心目中有兩個。一個是日本導演山田洋次，一個是推理小說家阿嘉莎·克莉絲蒂。

山田洋次創造了寅次郎這個集合所有男人優點跟缺點的角色，在以《男人真命苦》為名的系列下，總共完成百部左右的電影。它們的敘述風格、開頭、結尾的方法不變，唯一改變的是故事，是時代，是遍歷日本小鄉小鎮的場景。數十年來，看《男人真命苦》幾已成為日本人每年的一種儀式，一如新春的神社參拜。

數十年前訪問過山田導演，他說，當他發現電影已然有它被期待的性格時，電影已經不是導演自己的。他說：當所有人都感動於美人魚的歌聲時，你願意為了讓她擁有跟你一樣的腳，而讓她失去人間少有的嗓音嗎？

人間少有的嗓音與動人的歌聲，都來自山田導演絕對自覺的通俗創造。

再如阿嘉莎·克莉絲蒂，如果我們光拿出她說過的故事和聽過她故事的人口數字，就足以嚇死你。五十多年的寫作生涯，她總共寫出六十六本長篇推理小說，外加一百多篇短篇小說和劇本。其中有二十六本推理小說被改編，拍了四十多部電影和電視劇集。作品被翻譯成一百零三種文字的版本，銷量超過二十億本。

夠了。你還想知道什麼？知道二十億本的意義是什麼嗎？二十億本的意義是全世界平均三個人就有一個人讀過她的書，聽過她說的故事。

說來巧合，她和山田洋次一樣，創造出個性鮮明的固定主角（當然，前前後後她弄出來好幾個），然後由他（或是她）帶引我們走進一個犯罪現場，追尋真正的罪犯。

故事就這樣？沒錯，應該說這是通常的架構。那你要我看什麼？不急，真的不急，克莉絲蒂會慢慢冒出一堆足夠讓你疑惑、驚嚇、意外，甚至滿足你的想像力、考驗你的耐心和智商的事件來。

推理小說不都是這樣嗎？你說得沒錯，大部分是這樣，不一樣的是……對了，她像條春伯，像山田洋次，她真會說，而且她用文字說。

文字的敘述可以讓全世界幾代的人「聽」得過癮、「聽」個不停，除了聖經，也許就是克莉絲蒂。她不是神，但她真的夠神。

數十年前，台灣剛剛出現她的推理系列中譯本，那時是我結婚前，常有同齡的文藝青年來我租住的地方借宿，瞄到我在看克莉絲蒂，表情詭異地說：「啊？你在看三毛促銷的這個喔？」

我只記得他抓了一本進廁所，清晨四點多，他敲開我的房門說：「幹，我實在很討厭那個白羅……再拿一本來看看，我跟你說真的，要不是你的書，我真的很想把那個矮儸壓到馬桶吃屎！」

我知道他毀了，愛吃又假客氣，撐著尊嚴騙自己。克莉絲蒂再度優雅地撕破一個高貴的知識份子的假面具，她的手法簡單，那手法叫通俗，絕對自覺的通俗，無與倫比、無法招架的功力。

昔日的文藝青年如今跟我一樣，已然老去，但不時還會看到他寫一些充滿理念和使命感極重的文章，在報紙和雜誌上出現。我知道他要說什麼，只是常常疑惑他想跟誰說；同樣，我記得他說過什麼，但轉眼間忘記他說了什麼。但請原諒我，幾十年前那個晚上，他在我家看完的那兩本克莉絲蒂的小說內容，我可還記得清清楚楚。

也許有一天再遇到他的時候，我會問他之後是否還看過克莉絲蒂其他的書，如果沒有，我會跟他說，想讀要趁早，因為你會老、會來不及。至於白羅那個矮儸，大概永遠不會消失。哦，對了，還有一個叫瑪波，你說不定會來不及認識……

從他種視角到跨界嘗試的閱讀體驗

路那（推理評論家）

說到阿嘉莎．克莉絲蒂，即使是不太常閱讀推理小說的讀者，也很難不聯想到有個完美鬍子的偵探白羅、老小姐瑪波，又或者是她享譽國際的《東方快車謀殺案》、《一個都不留》等名著吧。

克莉絲蒂的廣受歡迎，還在於台灣近乎出版了她的全集。儘管台灣的出版能量相當驚人，但放眼國內外作家，有此殊榮者也在少數。這些作品中，除了廣受歡迎的系列作外，另有數量相對較少的獨立作品。這些作品或受累於知名度不高，或受累於缺乏讀者熟悉的偵探角色，而較少進入讀者的視野之中，然而，這不表示它們本身不值得一讀。

在這裡，我要先岔出去談一下柯南．道爾（Conan Doyle）與莫里斯．盧布朗（Maurice Leblanc）。這兩位除了同樣大受歡迎之外，他們其實也同受被角色綁架之苦——柯南．道爾一心想當個嚴肅作者，為此不惜「殺害」福爾摩斯，卻又在大眾壓力之下不得不讓他神奇地死而復生的事件，相信大家都耳熟能詳。然而，或許不是很多人知道，創造了亞森・羅蘋此一大受歡迎怪盜角色的盧布朗，最終也因羅蘋大受歡迎，且擅長易容的形象深植人心，導致他不得不將新偵探角色吉姆・巴內特（Jim Barnett）降級為羅蘋的分身。與道爾交好的克莉絲蒂，自然理解箇中艱辛，或許也因此早早意識到她不能再重蹈覆轍，是以她不僅致力於故事的創造，同樣致力於角色性格的劃分。但此事並非一蹴可幾。舉例而言，短篇小說〈情牽波倫沙〉的偵探，發表時由帕克・潘擔任偵探角色，稍後又更替為白羅一事，即讓人意識到帕克・潘與白羅之間的共性：相同的公務員退休身分、同樣與偵探小說家奧利薇夫人為好友，帕克・潘的祕書萊蒙小姐日後成為白羅的祕書等，種種線索都暗示著帕克・潘與白羅可能享有的共同根源。然而，是什麼讓帕克・潘沒有被白羅「吸收」，一如巴內特與羅蘋？閱讀《帕克潘調查簿》與收錄於《情牽波倫沙》的兩個短篇時，不妨仔細考察白羅與帕克・潘的不同之處。

除了角色外，故事情節的他種視角乃至於跨界嘗試，也是非系列作品的一大看點。《李斯特岱奇案》、《死亡之犬》、《殘光夜影》等短篇小說集中收錄的作品，有之後遭改頭換面的靈感之作，也有溢出推理小說規制，蔓延至靈異、恐怖、言情等領域之作。它們的開頭，與我們習慣的克莉絲蒂推理小說似無甚差異，然則在一個十字岔路的輕巧滑脫，卻足以造就全然不同的類型閱讀體驗。

同樣的體驗，在非系列長篇小說中亦可一見。不用系列角色，意味著不須遵守類型既定的規範，或受限於角色既有的設定，遂得以更加無拘無束的形式自在揮灑。眾所周知，克莉絲蒂絕非信奉范．達因（S. S. Van Dine）「故事中不能摻有戀愛成分」戒律的一人，相反地，她頗擅長於小說中加入情感元素。她筆下的系列偵探，無論白羅或瑪波，自身均不涉浪漫情感，而多以神仙教父／教母的姿態從旁協助，從而使小說中的推理情節與羅曼史主次分明，僅為點綴。但她筆下這些聰慧的男女，是否始終只能作為系列偵探的配角存在？對此，克莉絲蒂的回答是，許多時候，擺脫了神仙教父／教母的他們，會顯現出更令人矚目的風采。

另一方面，推理小說的大體布局，從謎團初現、偵查過程到真相大白，與羅曼史主角們從陌生到相知到決定是否相守，也自有其契合之處。是以，在克莉絲蒂的非系列作品中，有不少長篇故事均以處於曖昧狀態的男女作為偵查或敘事主體，如《西塔佛祕案》、《為什麼不找伊文斯？》、《死亡終有時》與《白馬酒館》等。其中的情感除了經典的兩情相悅外，亦存在著無私的奉獻，與狡獪的以情感作為武器等多種樣態。

克莉絲蒂同樣擅長以三角關係作為障眼法，從角色間的誤會到敘事手法的誤導等，在在能使讀者以為掌握了十之八九的關係圖，瞬間翻出別樣花色。《無盡的夜》保留了克莉絲蒂時常描繪的羅曼關係，卻撤去了推理小說的型態，改以令人聯想到達芬．杜莫里哀（Daphne du Maurier）的奇情（sensation）風格，確實令人耳目一新，難怪克莉絲蒂會將之選為十大最愛之七。而其自選最愛第八的《畸屋》，則巧妙地擺脫了傳統推理小說家族敘事中以惡意為基底的設定，別出心裁地講述了謀殺如何發生在一個充滿善意的家族之中。《畸屋》之「畸」，既源於同樣具備扼殺力量的善意，也源於天生之惡──克莉絲蒂對善與惡之觀點，由是鋪陳出了一個頗為耐人尋味的視角。

一般而言，以克莉絲蒂為首的黃金時期推理小說家的作品，不太會令人聯想到國際政治、社會情勢等，感覺起來就「硬邦邦」，一點也不「舒逸」（cozy）的事物。它應該是以鄉村、大飯店、（前）殖民地為核心，間或夾雜一兩句讀者也不甚在意的時局觀察以加固背景的狀態。但克莉絲蒂出生於一八九〇年，生平歷經奧匈帝國與俄羅斯帝國的崩潰、兩次世界大戰、經濟大恐慌等，樁樁件件都是近代歷史難以抹滅的大事件，她可能當真無動於衷嗎？是以，早在一九二七年，克莉絲蒂便以白羅為主角，寫出諜報小說《四大天王》，其後更塑造出湯米與陶品絲這對橫跨二次世界大戰的夫妻檔業餘情報員。然而這對歡喜鴛鴦的氛圍，或許終究難以展現克莉絲蒂對戰後國際形勢演變之思慮。職是之故，她持續創作鴛鴦神探的系列之餘，在他們力所未逮之處，再度啟用了非系列角色，《巴格達風雲》、《未知的旅途》、《法蘭克福機場怪客》均是此類作品，試圖傳遞她在《四大天王》中即已反覆論及的「幕後的力量」。

這個「幕後的力量」又是什麼呢？見識過帝國的崩潰，對於早年的克莉絲蒂來說，共產主義無疑是危險的。在她第二部出版品《隱身魔鬼》中，克莉絲蒂將幕後黑手設定為布爾什維克的信徒。然而，伴隨著一九二四年工黨政府首次執政，克莉絲蒂對相關思潮的憂慮似有緩和態勢，此後，她的小說中偶爾會出現被眾人視為嫌疑犯的左翼同情者最終卻得證清白的情節。

伴隨著二戰結束與冷戰的開啟，許多涉及諜報的故事紛紛以蘇俄作為陰謀主腦。但克莉絲蒂頗具深意地將《巴格達風雲》與《未知的旅途》背後的陰謀組織者拐了彎，不以冷戰雙方作為主使者，而是更廣泛地指向「無政府主義者」、「理想主義者」。這樣的觀點，在以新納粹為主軸的《法蘭克福機場怪客》中亦曾多次表述——但這不是說她就放棄了一些既存觀點。不意外地，赫伯特．馬庫色（Herbert Marcuse）、法蘭茲．法農（Frantz Fanon）這些思想家仍舊不討克莉絲蒂的喜歡。

克莉絲蒂對法農等人的抗拒，與她對大英帝國的忠誠，以及對中東（特別是埃及）的偏愛或許不無關聯。眾所周知，克莉絲蒂於一九三〇年結婚的第二任丈夫是考古學家，她因此與中東和考古結緣。當時，方於一九二二年在名義上脫離英國管治的埃及，是個年輕的新興國家，尚未能擺脫殖民宗主國的影響，克莉絲蒂對埃及乃至於中東的描繪，是以多半本於殖民者的視線而開展。她的背景與經驗，決定了她理解的視角。然則，這並不表示她無意了解該地的歷史淵源——以古埃及為背景的《死亡終有時》正是最好的例證。這部入選英國犯罪作家協會「史上百大犯罪小說」第八十三名的精采作品，向讀者講述的不只是一個關於謀殺的故事，更是千年前定居於此的埃及人究竟如何生活的故事。

在《巴格達風雲》中，有一段主角與主謀對峙時的敘述：「人命無關緊要……這是愛德華的信條。那個用瀝青黏補起來、三千年前的粗陶碗突然無來由地閃現在維多莉亞心頭。那些東西當然要緊。小小的日常用品、待養的家人、構築成一個住家的牆壁，還有一兩件被當作寶貝的財產。」顯而易見，對克莉絲蒂而言，考古文物的珍貴，不在於它們悠久歷史或蘊藏的知識，而在於當代人得以透過它們深刻感受過往人們的生活。正是這樣的感受，構築出對人與生命的尊重。這樣的尊重，正是克莉絲蒂推理小說的基石所在吧！

在娛樂之外，還有許許多多閱讀克莉絲蒂的方式，正如同在知名的偵探系列之外，仍存在著許許多多精采的非系列作品一般。你所看到的克莉絲蒂，又是什麼樣子呢？

獻詞

阿嘉莎·克莉絲蒂是世界讀者最眾，也最廣受喜愛的女作家。身為克莉絲蒂的孫兒，我相信奶奶會非常樂見這次出版，因為她極以自己作品中的趣味與娛樂為豪。

歡迎所有喜歡本系列的台灣新讀者參與這場饗宴！

——馬修·培察（Mathew Prichard）

第一部

中斷的航程

Passenger to Frankfurt

01 法蘭克福機場怪客

「請繫好您的安全帶。」

機上各色乘客慢吞吞地打理著安全帶，可是大家都覺得日內瓦應該還沒到才對。半昏半睡的旅客或哈欠或呻吟，而睡著的人則被女空服員輕輕搖醒。

「麻煩您繫好安全帶。」

擴音器裡的聲音沉靜嚴肅，分別用德、法、英語解釋待會兒會遇到短暫的惡劣天候。史鐸夫爵士張口打了個大哈欠，在座位上坐直身子，從剛才英格蘭河畔垂釣的美夢中緩緩甦醒。

四十五歲的史鐸夫爵士身材中等，有一張光滑黝黑且刮整乾淨的臉。他偏好奇裝異服，世家出身的他酷好標新立異，愈是同事們避之唯恐不及的服裝，就愈能獲得他的歡心。他跟十八世紀的紈袴子弟一樣，喜歡引人注目。

爵士旅行時，最愛穿一件在科西嘉島買來的海盜式斗篷，深紫藍色的斗篷有著酒紅色的內裡，而且垂在背後像頭巾的東西，還可以隨時拉起來遮風擋雨。

史鐸夫爵士在外交圈的表現非常令眾人失望。由於早年才華出眾，老一代政界人士對他曾寄予厚望，但他卻自斷前程，該嚴陣以待時，卻玩世不恭，態度輕慢，且每每在重大時刻任性地開些令人討厭的玩笑。他是知名的公眾人物，而且不曾樹敵。不過一般認為，史鐸夫爵士雖然絕頂聰明，做事卻不可靠，而且大概永遠都會是這副德性。在今日錯綜複雜的政治圈和外交折衝裡，「可靠」比「聰明」更為可取，尤其是如果他還想成為大使的話。史鐸夫因此被打入了冷宮，雖然偶爾還會參加一些會議，但那些會議的重要性都不高。記者們有時會戲稱他是外交界的「黑馬」。

沒人知道史鐸夫爵士是否覺得有志難伸，也許連他自己都搞不清楚吧。他也是有虛榮心的，不過他真的太喜歡亂開玩笑了。

爵士剛結束馬來亞半島的調查工作，正在返國途中。這次的任務無趣極了，他覺得那些同事先前早已有了定見，聽證、查核的過程絲毫無法改變他們的先入之見。爵士雖然幾次從中作梗，但也只是為了好玩，而不是為了幫人脫罪。他覺得這樣可以讓氣氛活絡一點，而且還巴不得能多多為之。調查委員會的那批人都是些一板一眼、無趣到無以復加的傢伙。就連唯一的女委員，素以思路敏捷聞名的娜莎妮・艾琪夫人也一樣，一談到犯罪事實，精明如她者，亦是審慎處之，不敢稍有大意。

爵士以前到巴爾幹某首都處理問題時，便見過艾琪夫人了。史鐸夫爵士在那兒照例忍不住提了幾個無傷大雅的建議，八卦期刊《內幕新聞》還影射說，史鐸夫爵士在首都出現與巴爾幹問題密切相關，此番前來必有重大的祕密任務。有好事者將報導寄給爵士，並標出相關的段落，爵士看了不但沒被嚇著，反而樂不可支。一想到記者的報導如此偏離事實，他就覺得非常好笑。其實爵士會跑到索非亞[1]，純粹是為了尋找奇花異草，並陪陪年邁的朋友露西·克萊恩夫人而已。這位老夫人找起稀有野生花卉來衝勁十足，只要一看到那些拉丁名稱又臭又長、與它們的大小完全成反比的小花，老人家隨時可以翻山越嶺，跋溪涉河。

史鐸夫爵士和一小撮熱中此道的人一起在山坡上搜尋了十天花草後，開始有點遺憾報上的報導不是事實了。因為他有點——只有一點點——厭倦了。他雖然喜愛露西，但六十多歲還能迅速爬山、輕易超越他的露西，有時真的會卯到他。他眼前老晃著一個穿豔藍色褲子的臀部，露西雖然瘦，穿起褲子臀部卻顯得很大，讓人很想戳它幾下……

那個冷硬的聲音又從擴音器裡傳來了：「日內瓦機場因濃霧而視線不良，飛機將在法蘭克福機場降落，請各位旅客在法蘭克福轉機繼續飛往倫敦；至於前往日內瓦的旅客，本公司將盡速另行安排。」史鐸夫爵士並不在意，假如倫敦也有濃霧，他們或許會安排另一班飛機把旅客載到蘇格蘭的普斯威克機場呢！但願不會，他曾去過那裡一兩次。爵士心想，生命和空中旅行一樣的無聊，如果可以……他不知道如果可以怎樣，但如果可以，該有多好！

法蘭克福的候機室非常暖和，史鐸夫爵士脫下斗篷，內裡朝外地往肩上一搭，要了一杯啤酒，同時有一搭沒一搭地聽著擴音器裡的各種通告。

「四三八七次班機，飛往莫斯科。二三八一次班機，即將飛往埃及和加爾各答。」

來自全球的旅客將飛往世界各地，這應該是很浪漫的事啊！但候機室的氣氛太掃興了，人太多、商品太多、太多顏色相近的座椅、太多塑膠製品與喧鬧的孩童。不知是誰說的：

願我能愛上人類，

願我能喜愛人類愚昧的面容。

大概是切斯特頓寫的吧？他說得太對了！把一大堆人聚集在一起，就會發現他們雷同得令人難以忍受。這會兒這張面龐倒有趣，爵士心想，非常的與眾不同！他再輕蔑地看看兩個濃妝豔抹的年輕女子，她們穿著制服（應該是英國的）及短短的迷你裙。另一位小姐則更加濃妝豔抹——老實說還滿漂亮的——她穿著裙褲，可說是領先流行一步。

爵士對美女不太感興趣，因為漂亮的女孩都很相似，他喜歡與眾不同的女子。此時，一名女士在他旁邊的人工皮沙發上坐下來，女人的臉立刻引起了爵士的注意。倒不是因為她

1　索非亞（Sofiya）是保加利亞首都。

如何出眾，而是因為有點面熟。爵士相信自己見過她，只是記不起確切的時間和地點。女人年約二十五、六，鼻子細巧而高挺，烏亮迷人的頭髮披在肩上。她手裡拿著雜誌，卻沒有翻看。事實上，女人正緊盯著爵士瞧，她突然開口了，聲音低沉得有如男人。她用淡淡的外國口音問道：「我能跟你說說話嗎？」

爵士打量女人一會兒，不，她不是那種不正經的女人，一定有其他原因。

「當然可以。」他說，「我們會耗上很多時間在這裡，不是嗎？」

「都是濃霧害的，」那女人說，「日內瓦有濃霧，倫敦可能也有，到處都是濃霧。我不知道該怎麼辦。」

「哦，你用不著擔心，航空公司一定會讓你降落在某個地方。他們很有效率，你要去哪裡？」

「日內瓦。」

「噢，我相信你最後一定到得了。」

「我現在就得到那裡。我若能趕到日內瓦，就不會有事了。那邊會有人接應我，我就很安全了。」

「安全？」爵士笑道。

她說：「『安全』這兩個字對我意義重大。如果我到不了日內瓦，如果我離開了這架飛機，或搭著它到沒人接機的倫敦，我就會被殺害。」她緊盯著爵士。「我想你大概不相信我的話，對吧？」

「只怕是的。」

「我說的都是真話，每天都有人被殺。」

「誰要殺你？」

「這有關係嗎？」

「跟我是沒關係。」

「你可以相信我的話，我說的都是事實，而且我需要人協助我安全的抵達倫敦。」

「為什麼挑上我？」

「因為我認為你了解死亡，你不但了解死亡，還可能親眼見過。」

爵士很快看了她一眼，隨即移開視線。

「還有其他原因嗎？」

「有。」她伸出細瘦黝黑的手摸著爵士的大斗篷的褶痕說，「這個。」

爵士的興致被挑起來了。

「此話怎說？」

「這種斗篷很少見，而且很有個性，不是每個人都會穿的。」

「這倒是真的，它是我最愛的東西之一。」

「你的最愛可以幫我一個大忙。」

「我幹嘛做這些事？」

「算是救人一命吧。」

「你的話是否有點誇張？」

「是滿誇張的，很難取信於人。問題是，你信嗎？」

爵士若有所思地看著這個女人，

「你知道你講話的樣子像什麼嗎？像偵探小說裡的美麗女間諜！」

「也許吧，可惜我並不漂亮。」

「你不是間諜嗎？」

「也許有人會這樣形容我。我身上帶了一些我必須保護的資料，請相信我，這些資料對貴國極具價值。」

「你不覺得自己的行為很荒唐嗎？」

「我知道，這事若被寫下來，看起來是會很荒唐，但世上有許多荒唐事都是真的，不是嗎？」

爵士再度打量她。她的確很像潘蜜拉，連聲音都像，雖然帶了點外國腔。女人的提議既荒誕可笑，又行不通，而且對他來說，也許還相當危險。然而該死的是，正因為危機四伏，才深具吸引力。爵士真佩服這女人竟然有膽量提出這種建議，結果會如何呢？他真的很想知道！

「這有什麼好處？」他說，「我想知道自己能得到什麼好處！」

她饒富深意地看著他。

「博君一笑。」她說，「擺脫乏善可陳的日常生活，算是無聊日子裡的一劑解藥吧。我們沒什麼時間了，你自己決定吧！」

「那你的護照怎麼辦？難道要我去買頂假髮男扮女裝嗎？」

「不必。我們不必交換身分，你是被偷偷迷倒的，身分沒變。快點決定吧，時間有限，我們沒多少時間了，我還得設法變裝呢！」

「算你贏。」爵士說，「碰到這種千載難逢的事，實在不該拒絕。」

「希望你真的那樣想，這可是禍福難知的事啊。」

爵士掏出護照，放入斗篷外的口袋中，而後站起身，伸個懶腰，四處張望一下，再看看手錶，才朝免稅商店的櫃檯走去。他連頭都沒回一下。爵士買了本書，還挑了一隻適合送小孩的布熊貓，才慢慢走回原來的座位。斗篷和那位小姐都不見了，桌上還留著半杯啤酒。爵士心想，就看這杯酒了。他拿起杯子，走了幾步路，喝了下去。慢慢來，別喝太猛。他覺得味道跟以前並無不同。

「結果會如何，」他對自己說，「看看結果會如何……」

爵士越過候機室來到一處偏僻的角落。有一家人坐在那裡大聲喧嘩，又叫又笑。他在附近坐下，伸長了四肢，把頭安放在椅背上。擴音器呼叫飛往德黑蘭的旅客，大批的人潮水般地湧向指定的登機門，然而候機室裡仍處於半滿狀態。爵士打開買來的平裝書，又打了個哈欠。他真的很睏，嗯，非常睏……他該找一個安靜舒適的角落……能好好睡一覺的……

「泛歐航空公司呼叫，三〇九班次飛往倫敦班機的乘客請登機。」

§

聽到廣播，旅客三三兩兩地站起來朝登機門走去，不過有更多的旅客進入候機室等候其他班機，廣播又陸續傳出日內瓦濃霧及其他地點無法航行的消息。一名中等身高的瘦削男子披著寬大的深藍色斗篷，露出裡頭紅色的內裡，並拉下帽子，低調地排著隊上飛機。他拿出登機證，穿過九號登機門。

擴音器裡不斷傳來更多的廣播：瑞士航空飛往蘇黎世的班機；英國航空飛往雅典與塞浦路斯的班機；接著是一則不太一樣的插播：「前往日內瓦的黛妮．西垛芳小姐請和櫃檯聯絡。由於濃霧的關係，飛日內瓦的班機誤點，所有乘客改經雅典轉機，飛機即將起飛。」

接著是一連串其他飛往日本、埃及、南非及世界各地航線的廣播。到南非的庫克先生，被催呼到櫃檯。廣播再次傳叫西垛芳小姐。

「三〇九班機最後一次呼叫……」

候機室一角，小女孩看著靠在椅背上呼呼大睡的男人，男人手裡握著一個布熊貓。

小女孩伸手想摸那毛茸茸的熊貓，卻被媽媽制止。

「妹妹，不可以碰。這位先生睡著了。」

「他要去哪裡呀？」

「大概也是去澳洲吧。」

「他是不是也有一個女兒呀？」

「我想一定有吧！」

小女孩嘆了口氣，再次看著布熊貓。史鐸夫爵士繼續呼呼大睡，他夢見自己正瞄準一頭黑豹，同時對狩獵的嚮導說道：「聽說黑豹是非常危險的動物，永遠料不準牠會做什麼。」

接著夢境一轉，他跑到瑪蒂達嬸婆家喝茶了，同時扯著嗓門想讓她聽見，可是嬸婆好像比平日更聾！除了第一次呼叫西垛芳小姐的廣播外，後來的廣播他都沒聽見。小女孩的媽媽說：「我總是覺得奇怪，為什麼機場會有走失的旅客？到任何機場都會聽到這種廣播，總有找不到的旅客，沒聽到廣播、不在機上或之類的事。我常在想，那到底是誰呀，到底正在做什麼？為什麼會沒有登機？看來這位叫什麼的小姐一定趕不上了，到時候他們要拿她怎麼辦呢？」

沒有人能回答她的問題，因為沒人知道答案。

02 倫敦

史鐸夫爵士的倫敦公寓非常舒適，可以俯瞰綠林公園。爵士打開咖啡機，走到門邊查看今早的郵件，看上去沒有什麼有趣的東西，他將信件分類，一兩份帳單、一封收據和幾封光看郵戳就知道沒啥意思的信。爵士把信件攏整，放到堆了兩天郵件的桌子上。他大概會很快就要開始工作了．因為祕書下午就會來了。

他走回廚房，倒了一杯咖啡，再回到書桌旁，拿起昨天深夜到家時打開的兩三封信，他拿起其中一封，邊讀邊微微發笑。

「十一點半，」他自言自語地說，「他倒很會選時間。我想我最好先想想，該怎麼對付柴德文。」

有人從郵箱塞了東西進來，爵士走到大廳拾起早報。沒什麼新鮮消息，有個「政治危機」、一則看似聳動的國際消息，但爵士倒不那麼認為，他覺得那只是記者在危言聳聽，誇張事態而已。總得給讀者一些有可看性的東西吧。有個女孩在公園裡被勒斃，女生為什麼總是被勒死呢？幾乎一天一個，爵士無動於衷地想著。今早沒有小孩被綁架或被強暴的消息，這倒頗令人驚喜。爵士為自己烤了片吐司，然後啜飲咖啡。

稍後他走出大樓，來到街上，穿過公園朝外交部白廳走去。爵士自顧自地笑著，覺得今早的「人生」頗為美好。他想到柴德文，假如世界上真有笨蛋，那一定非柴德文莫屬——做作，高高在上，偏偏又疑神疑鬼。他很喜歡逗這個柴德文哩。

爵士到達白廳時剛好遲了七分鐘。他這種地位的人和柴德文碰面，這樣遲到剛好。爵士走進房間，柴德文就坐在堆滿文件的書桌後，旁邊還有一位祕書。柴德文看起來還是一副他最重要的樣子。

「哈囉，史鐸夫。」柴德文英俊的臉上堆滿笑容。「回來很高興吧？馬來亞半島如何？」

「熱死了。」史鐸夫表示。

「噢，那邊一向如此，我想你指的是天氣，而不是政治氣候吧？」

「噢，當然是指天氣囉。」爵士說道。

他接過菸，然後坐下來。

「有什麼具體結果嗎？」

「沒有！那些東西稱不上什麼結果，我在報告上都說了。還不都是些光說不練的把式。賴增比還好嗎？」

「還不是老樣子，煩死人了，他永遠也改不了。」柴德文說。
「要他改變根本是奢望。我以前沒和 Bascombe 共事過，他其實滿有趣的。」
「是嗎？我不太了解他，也許是吧。」
「那……好像沒別的事了，對吧？」
「沒，沒什麼事，我想沒什麼你感興趣的事。」
「你信中沒提到為什麼要見我。」
「噢，只是問幾件事而已，看你有沒有帶回什麼內幕消息，一些我們在面對議院質詢時得心裡有數的事。」
「唔，我了解。」
「你是搭飛機回來的吧？而且好像還遇到了一點小麻煩。」
史鐸夫裝出預先想好的表情，帶點懊悔與不悅。
「哦，原來你也聽說了？」他說，「實在倒楣。」
「是啊，是啊，真的很倒楣。」
「真誇張，」史鐸夫表示，「連這種事都上了報，有一段還是臨時插到早報上的。」
「你寧可消息不要見報，對吧？」
「把我寫得像個蠢驢一樣，不是嗎？」史鐸夫說，「我只能認栽啦，到這把年紀還是會上當！」

「到底發生了什麼？我實在不知道報紙有沒有誇大其辭。」

「我想大部分都是他們自己掰出來的，你也知道記者有多無聊。當時日內瓦有濃霧，我們只得改道在法蘭克福換機，耽擱了兩個小時。」

「事情就在這時候發生？」

「是啊。等飛機太無聊了，飛機來來去去，擴音器講個不停，三〇二班機飛香港、一〇九班機飛愛爾蘭等等等等，人來人往，就只有你坐在那邊猛打哈欠。」

「到底發生了什麼事？」柴德文問。

「我面前有一杯酒，卑斯耐啤酒。後來我想買本書看看，因為隨身帶的書都讀完了。我到櫃檯挑了本平裝書，好像是偵探小說吧，又幫姪女買了隻布熊貓，再走回來把酒喝完，翻開書，接著就睡著了。」

「原來如此，你睡著了。」

「這是很自然的事，不是嗎？機場應該有呼叫過我，但我沒聽見，因為我睡著啦。我知道自己隨時會在機場中睡著，但只要和我有關的廣播，我也一定聽得見。可是這次卻沒聽見，等我醒來時，發現有醫護人員在幫我檢查，顯然有人在我酒裡下了藥，一定是趁我去買書時下的手。」

「這件事很不尋常，對吧？」柴德文說。

「是啊，從來沒遇過。」史鐸夫表示，「希望永遠別再發生，你會覺得自己像個呆子一樣，而且頭還痛得要命，醫生和護士都跑來了。反正我沒什麼大礙，我的皮夾不見了，裡面有一點錢，護照也丟了，這是最麻煩的。幸好我沒帶太多現金，旅行支票都放在暗袋裡。總之，丟了護照，就得填一堆表格，不過反正我還有信件跟一些物品，要證實身分並不難，事情很快處理完畢後，我就搭機回來了。」

「你一定覺得很懊惱吧，」柴德文說，「我是說，像你這種地位的人遇到這種事。」柴德文的語氣帶有一絲責難。

「是啊！」史鐸夫說，「對我來說簡直是個汙點，不是嗎？我的意思是，像我這種地位的聰明人不該遇到這種事。」史鐸夫說得饒富興味。

「這種事常發生嗎？」

「應該不會。不過我想任何有偷竊癖的人，一定會注意到有人睡著，而忍不住把手伸到對方口袋裡。如果他又擅長此道，順手摸個皮夾什麼的，試試運氣，也不無可能。」

「可是丟了護照就很奇怪了。」

「是啊，我得去辦一份新的，大概得解釋半天了。其實這只是一件很驢的事。老實說，柴德文，我得準備倒大楣了，對吧？」

「噢，這不是你的錯，老兄，不是你的錯，任何人都可能遇到。」

「這是你人好，才會這麼說。」史鐸夫笑著同意他的話。「上一次當，學一次乖，不是嗎？」

「你想，該不會是有人想偷你的護照吧？」

「不會吧。」史鐸夫說，「人家要我的護照做什麼？除非有人要害我，但這可能性微乎其微。要不就是有人看上我護照上的照片……那就更不可能了！」

「你在——是法蘭克福吧——有沒有碰見任何熟人？」

「沒有，沒有，半個人都沒有。」

「有跟什麼人講過話嗎？」

「沒什麼特別的，只有跟一位帶著小女孩的胖太太聊了幾句，她們好像是從威根來的，要去澳洲。其他就沒有了。」

「你確定？」

「還有一個女的問我，她若到埃及研究考古學，該做些什麼。我表示自己對此一無所知，建議她最好去請教大英博物館。我還跟一名激進的反活體解剖者聊了幾句。」

柴德文說：「像這種事，背後一定沒那麼單純。」

「哪種事？」

「你遇到的那件事啊。」

「我倒看不出那件事背後有什麼不單純，」史鐸夫爵士說，「記者就會寫得天花亂墜，那是他們的專長。反正只是一件倒楣的蠢事罷了，看在老天的份上，我們就別再提了吧！現在消息都見報了，所有朋友也會開始跑來問我。萊龍還好嗎？近來在忙些什麼？我在那邊聽說過他一兩件事；他就是話太多。」

兩人又閒扯了十分鐘，然後史鐸夫爵士起身告辭。

「今早我還有很多事要辦。」他說，「得去幫親戚買禮物，問題是，你若去了馬來亞半島那種地方，所有人都會預期你為他們帶了些外國玩意回來。我大概會去利百代百貨公司轉轉，那邊有很多東方貨。」

伊奈愉快地走出來，並在外邊走廊與幾位同事點頭打招呼。史鐸夫離開後，柴德文用電話指示祕書。

「問門羅上校能不能來這裡一趟。」

門羅上校來了，帶著一位高個子的中年男人。

「你認識霍沙姆嗎？」上校說，「安全局的。」

「我們應該見過面。」柴德文說。

「史鐸夫剛走是吧？」門羅上校問，「法蘭克福的事有沒有問題？我是指，我們該注意的問題。」

「看起來好像沒有，」柴德文表示，「他滿生氣的，覺得自己看起來跟個呆子一樣，事實上也是如此。」

叫霍沙姆的人點點頭。

「他是這樣覺得嗎？」

「哦，他是有點輕描淡寫。」柴德文說。

「你要知道一點，」霍沙姆表示，「史鐸夫並不是個呆子。」

柴德文聳聳肩。

「這種事是會遇到的。」

「我知道。」門羅上校說，「沒錯，我知道這種事是會發生的，不過我一向覺得史鐸夫這個人很難捉摸。從某個角度看來，他的說法，也許並不那麼合理。」

霍沙姆表示：「我們不是對他有偏見，目前我們並沒有不利於他的證據。」

「我不是那個意思，」柴德文說，「我只是覺得，怎麼說呢……他那個人一向不把事情當回事。」

霍沙姆蓄著鬍子，他覺得鬍子挺管用的，實在忍不住想笑時，鬍子便能適時替他遮掩。

「史鐸夫不是笨蛋，」門羅說，「他很聰明，你不覺得……我的意思是，你不覺得這件事有任何可疑之處嗎？」

「就他個人而言嗎？好像沒有。」

「你都查過了嗎，霍沙姆？」

「我們沒有太多時間，不過目前為止都沒問題，但他的護照被人用過了。」

「用過了？怎麼用的？」

「護照通過了希斯洛機場海關。」

「你是說，有人冒充史鐸夫爵士？」

「不，不，」霍沙姆說，「這樣說還言之過早，應該不是那樣。護照和其他很多護照一起通過海關，當時海關還沒起戒心。我想那時史鐸夫爵士吃了迷藥，根本還在法蘭克福機場裡昏睡。」

「不過也許有人偷了他的護照，然後搭機到英國？」

「是的，」門羅說，「這只是假設而已。也許是有人偷了錢包和護照，或者是有人想偷一本護照，結果把史鐸夫爵士當作目標，在他的酒裡下藥，等他睡著後，取走他的護照碰碰運氣。」

「可是海關看了護照之後，應該知道不是同一個人啊。」柴德文說。

「兩人一定是長得很像。」霍沙姆說，「主要是他們不知道爵士丟了護照，所以沒有留意。當時有大批旅客湧向誤點的班機，所以那人只要看起來跟護照上的相片差不多就行了。瞄一眼，還回去，讓旅客上機。海關人員比較會去注意外國人，而不是長相都差不多的英國本地人。只要他們沒什麼問題，不在黑名單上，就會放行。」

「這些我都知道。不過，你要說的是，假如有人只想偷皮夾撈點外快，就不會使用護照，對吧？因為風險太高了。」

「沒錯。」霍沙姆說，「好玩就好玩在這裡。當然了，我們也正在四處查探。」

「你有什麼看法嗎？」

「目前還不敢說。」霍沙姆表示，「這要花點時間，急不得。」

「他們都是這個樣子，」霍沙姆走後，門羅上校說，「這些該死的安全局人員，口風都緊得要命，明明找到線索了，還死不承認。」

「那是很自然的，」柴德文說，「因為他們有可能弄錯了。」

這說法倒是很政治。

「霍沙姆很有兩把刷子，」門羅說，「總部的人非常欣賞他，他應該不會弄錯吧。」

03 洗衣店工人

史鐸夫爵士回到寓所，一名高大的女人從小巧的廚房跳出來歡迎他。

「真高興你平安回來，先僧。那些亂七八糟的灰機真是很煩咧。」

「是啊，薇里特太太，」史鐸夫爵士說，「飛機整整晚了兩個小時。」

「跟車子一樣嘛，」薇里特太太說，「我是說，根本不知道它們接下來會出啥事，只不過人在半空中，也會比較擔心對不對？飛機不像車子說停就停，對吧？我就絕對不會去搭飛機！」她繼續說：「我訂了一些貨，希望你別介意。有雞蛋、奶油、咖啡、茶……」她和介紹埃及宮殿的嚮導一樣喋喋不休地說著，然後停下來喘口氣。「我想你大概就需要這些了，我還訂了一些法國芥末醬。」

「不會又是第戎的吧？他們老賣第戎的給你。」

「我不知道『第戎』是誰啦，不過這是伊絲龍牌的，你不是喜歡這個牌子嗎？」

「對，」史鐸夫爵士說，「你真厲害。」

薇里特太太歡天喜地的又退回廚房去了。史鐸夫爵士走進臥室打算換衣服。

「我把你的衣服交給洗衣店的人了，沒問題吧？你怎麼沒說一聲或留個字條什麼的？」

「什麼衣服？」爵士停下來問。

「工人說你叫他們來拿兩套西裝，是亮潔公司來的，好像以前也是叫這家。我記得我們跟天鵝洗衣店有過爭執。」

「兩套西裝？哪兩套？」

「有一套是你旅行回來時穿的，另一套我不太確定，好像是藍色細紋的，你走時沒交代要洗。那套是該洗了，而且右邊袖口也需要補一補，只不過你不在，我不敢擅作主張，我從不那樣做。」薇里特太太一副忠僕模樣地說。

「所以工人把衣服帶走了？」

「我沒做錯吧，先生？」薇里特太太有點擔心起來。

「我不擔心藍細紋那一件。可是我穿回來的那一套……」

「那一套在這種天氣穿也太單薄點了吧，在熱帶地方穿倒是無妨。那套衣服該洗了，工人說是你打電話叫他們來拿的！」

「他是不是自己進我房間去拿？」

「是的，先生。我想那樣最好。」

「有意思，」史鐸夫爵士說，「非常有意思。」

他走進臥室，四下查看了一遍，房間一絲不苟。床鋪得好好的，顯然薇里特太太整理過了，他的電動刮鬍刀插在插座上，梳妝台上各件物品也都擺得有條不紊。

爵士打開壁櫥向裡頭張望，並查看窗邊靠牆高腳櫃裡的抽屜，抽屜裡非常整齊……比原先還整齊。昨晚他才打開衣箱，把幾件衣服放回去，匆忙之間，多少留下一點痕跡。他曾把內衣褲和一些小東西塞進抽屜裡，但並沒有擺得很整齊，因為想著今天或明天再親自整理過。爵士並不指望薇里特太太幫他做這件事，他只希望她別亂動東西。而且他剛從國外回來，因為氣候和其他因素，得找個時間將衣物重新安排調整過。一定有人進來搜尋，拉開抽屜急急地翻找，由於匆忙，所以把東西歸回去時，擺得比原先還要整齊。對方動作迅速謹慎，帶走了兩套衣服，理由說得也十分堂皇。其中一套當然就是史鐸夫爵士這次旅行穿回來的，另一套比較薄，應該是從國外一起帶回來的。可是，為什麼？

「因為，」史鐸夫爵士若有所思地自言自語道，「因為有人想找某個東西。可是找什麼呢？這些人是誰？為的又是什麼？嗯，這真是有意思。」

他坐在椅子上推敲，視線落到了放在床頭桌上的布熊貓，引發了一連串的思緒。爵士走到電話旁撥著號碼。

「瑪蒂達嬸婆嗎？」他說，「我是史鐸夫。」

「哎呀！寶貝，你回來啦，我真高興哪，昨天報上說馬來亞半島正在流行霍亂呢！我想是馬來亞沒錯，我老是搞不清那幾個地方。你會不會很快來看我呀？別裝忙啊，你不可能都沒空的，只有企業界的大老闆在併購或接管期間，才會忙到連時間都沒有。我從來搞不懂什麼叫作沒空，以前的人把自己的分內工作做好就成了，可是現在的人偏偏把自己關在工廠裡瞎忙。」瑪蒂達嬸婆相當激動地說，「還有那些只會算錯數目的爛電腦，更別說把帳目弄亂了。真的，我們的日子真是給電腦這玩意兒害慘了。你絕不相信我的銀行戶頭被電腦搞成什麼樣子，還有我的郵件地址。唉，看來我是活得太久了。」

「你千萬別這樣想！我下個星期去看你行嗎？」

「你明天想來都行，我請了教區牧師來吃飯，不過跟他延期沒問題。」

「噢，不必這樣。」

「怎麼不必？那傢伙煩死了，而且又是為教堂的新風琴來的。現在這個風琴好得很，問題出在風琴手，不在琴本身。那個音樂家實在很討人厭，牧師是同情他，因為他剛喪母，人又孝順。可是說老實話，孝順的人不見得會彈琴，對吧？我是說，公事要公辦嘛。」

「嬸婆所言極是。我有幾件事要處理，所以只能下星期去。西蓓還好吧？」

「好啊！很皮，不過實在很可愛。」

「我幫她帶了一隻熊貓。」史鐸夫爵士說。

「你真周到，親愛的。」

「希望她會喜歡。」史鐸夫抓著熊貓的眼睛，心中略有不安。

「總之，這孩子算滿有禮貌的。」

瑪蒂達嬸婆的語氣似乎有點心虛，史鐸夫爵士聽了頗不以為然。

瑪蒂達嬸婆還建議他下週可以搭哪幾班車，並警告他火車也許會脫班或更動時刻，同時又叫他帶些特定牌子的乳酪。

「現在這邊根本買不到東西，我們那個雜貨商——大好人一個，很知道我們大家喜歡什麼——突然改建成六倍大的超市了。你得拿著籃子到處轉，買些你根本不想要的東西，一天到晚有媽媽找不到自己的孩子，哭得像個瘋子一樣。真是累死人了。好啦，我就等你來囉，好孩子。」她這才掛斷電話。

電話馬上又響了。

「喂！史鐸夫嗎？我是艾力克．皮爾，聽說你從馬來亞回來了。今晚一起吃個飯吧？」

「樂意之至！」

「好，那就林彼茲俱樂部，八點十五分見。」

史鐸夫剛放回話筒，薇里特太太便氣喘吁吁地走進來。

「樓下有位先生要見你，他說你會見他的。」

「是誰？」

「霍沙姆，先生。跟去布萊登途中的那個霍沙姆市同名。」

「霍沙姆？」史鐸夫爵士有點驚訝。

他走出臥室，下樓來到大客廳。薇里特太太說得沒錯，的確是霍沙姆，他和半小時前看起來一樣——堅毅穩重，方形下巴，面色紅潤，留著濃密的小鬍子，給人一種沉著鎮定的感覺。

「希望您不會介意。」他滿臉笑容地站起來。

「不會介意什麼？」史鐸夫爵士問。

「這麼快就再來找您。我們在柴德文先生的辦公室外見過面，還記得嗎？」

「我不會介意。」史鐸夫爵士說。

他將盒菸沿桌子推送過去。

「請坐！是不是忘了什麼沒說？」

「柴德文先生是個很好的人，」霍沙姆說，「我們已經將他安撫好了，他和門羅上校有點爭執，我是指，對你的事。」

「真的嗎？」

史鐸夫爵士自己也坐了下來。他面帶微笑抽著菸，若有所思地望著霍沙姆。

「那麼接下來我們還要談什麼呢？」他問。

「我只是很好奇的想知道……這麼問吧，您接下來打算做什麼？」

「我倒很樂意告訴你，」史鐸夫爵士說，「接下來我要去看我的嬸婆，瑪蒂達夫人。需要的話，我可以把住址給你。」

「她又是誰……只是好奇而已。」

「在她自己那一票人當中，她算是頂尖人物。」

「哪一票人？是我們這邊或是他們那邊……假如你知道『他們』是誰的話。我自己就常搞不清敵我。」

「的確是不太容易弄清楚。中國人、俄國人、學生運動的幕後黑手、新崛起的黑手黨，還有南非那一票臨時成軍的人。」

「瑪麗安？」史鐸夫爵士思索著，「如果她的真名是黛妮．西垛芳，那麼叫瑪麗安就太怪了。」

「她母親是希臘人，父親是英國人，祖父則來自澳州。」

「假如我不是剛好有一件大衣可以……可以借給她用的話，她會怎麼樣？」

「也許會被殺。」

「少來了！你不是說真的吧？」

「我們很擔心希斯洛機場那邊的情形，最近那邊出了一些事，這得先解釋一下。如果飛機按計畫飛經日內瓦，就不會有事了，瑪麗安將得到妥善保護。可是由於臨時誤點，沒有時間做任何安排。這個時代人心難測，爾虞我詐，每個人都在玩雙面、三面甚或四面遊戲。」

「你提醒了我，」史鐸夫爵士說，「不過她沒事吧？你是不是在告訴我這個？」

「我也希望她平安，我們至今沒聽到壞消息。」

「希望我的話能對你有幫助，」史鐸夫爵士說，「今早我到白廳見柴德文時，有洗衣店的人跑到我家，說是我打電話叫他來的，那人帶走了我昨天穿的西裝和另一件西裝。也許他對西裝有特別嗜好吧，或者想收集新近歸國人士的西服。或者……你還有別的話要說？」

「也許他在找什麼東西。」

「是啊，我也這麼想。有人到我家搜東西，他把我的物品擺得比我離家時還要整齊。沒錯，他是在找東西，但到底在找什麼？」

「我也不確定，」霍沙姆慢慢說道，「但願我能知道。我只能說，有人在某處進行某種勾當。就像包裹沒包好一樣，露出了一點端倪，讓人瞧見一些線索。一會兒讓人以為是義大利來的，一會兒讓人覺得是南美洲來的，接著你又瞧見了一些跟美國有關的東西。世界各地都有許多齷齪事在進行，準備發展成一樁陰謀。也許跟政治有關，也許與政治全然無關，純粹只為了錢。」他還加了一句：「你認識魯賓遜先生，對吧？或是他認識你？他好像是這麼說的。」

「魯賓遜？」史鐸夫爵士仔細地想著。「魯賓遜？這英國名字很好聽啊。」他看著霍沙姆問道：「是不是胖胖的，有張大黃臉，搞金融的？他也是站在好人這一邊嗎？你的意思是這樣嗎？」

「我不懂你的『好人』是指誰。」霍沙姆表示，「魯賓遜不只一次地幫過我們，像柴德文那種人就不太會去找他，大概是覺得他索價過高吧。柴德文在這方面很摳，真是省錢省錯懂我去開那種會幹嘛。」

皮爾絮絮叨叨地評論了一兩件中國時事。

「我不認為他們真的有什麼陰謀，」史鐸夫說道，「還不都是些謠言，毛澤東生了什麼病啦，誰想反他啦，理由如何如何之類的。」

「那麼，阿拉伯和以色列的關係呢？」

「也是在按計畫進行……按他們的計畫。那兩個國家跟馬來亞有什麼關係？」

「噢，我指的不是馬來亞。」

「你看起來像個烏龜似的，」史鐸夫爵士說，「幹嘛這麼畏畏縮縮的？」

「呃，我只是納悶……請原諒我這麼問，你沒惹什麼麻煩吧？」

「我？」史鐸夫一副十分詫異的樣子。

「唉，你也知道自己的個性，史鐸夫，你有時就是喜歡嚇人，對吧？」

「我又沒做什麼錯事，」史鐸夫說，「你到底聽到我什麼事了？」

「我聽說在你回來的途中，飛機上出了點事。」

「噢，你從哪裡聽來的？」

「我遇到卡帝森了。」

「無聊的老傢伙，老是捏造一些沒有的事。」

「是啊，我知道，他就是那樣。但他只是說，好像有些人——至少包括溫特頓——覺得你是故意的。」

「故意的？我倒希望是這樣。」史鐸夫爵士說。

「某處有間諜在滲透，他不太放心某些人。」

「他們以為我是誰呀，王牌大間諜嗎？」

「你有時候是不太聰明，不該亂開這種玩笑。」

「可是有時候實在是忍不住呀，」他對皮爾說，「那些政客和所謂的外交家全都他媽的太嚴肅了，偶爾就是想戳他們幾下。」

「老弟，你的幽默感有時候實在太離譜了，真的，有時我滿替你擔心的。他們想問你回程中發生什麼事，他們認為你好像沒有……沒有說出全部的真相。」

「哦，他們是這樣想的嗎？有意思，看來我的戲還是沒演好。」

「現在可別再莽撞了。」

「我有時總得找點樂子吧。」

「聽我說，老弟，別為了找樂子而自毀前程！」

「我現在才了解，沒有什麼比『前程』這種東西更無聊的了。」

「我知道，我知道，你一向不在乎自己的前途，也一直未曾發揮該有的實力。你在維也納已經攪過一次局了，我不想看你把事情搞砸。」

「我很清楚自己在做什麼，這點我可以向你保證。」史鐸夫爵士說，「開心點，皮爾，你是位好朋友，但我真的不覺得開開玩笑和遊戲人間有什麼罪過。」

皮爾無可奈何地搖搖頭。

夜色十分宜人。史鐸夫爵士穿過綠林公園返家，就在他穿越馬路時，一輛汽車急馳擦過他身邊，幸好爵士反應迅捷，安然地跳到人行道上，否則再差幾吋就撞上了。車子消失在街角。爵士在那一瞬間，真覺得車子是衝著他來的，想將他撞死。有意思，先是公寓被人搜過，現在又成了人家下手的目標。當然，說不定只是巧合而已。他這輩子不是沒住過蠻荒危險的地區，也經歷過一些險境，深知危險的滋味與氛圍。此時此刻，他可以感知到有人躲在某處想算計他。可是為什麼？理由呢？他到底招誰惹誰了？

爵士回到寓所，從地上拾起信件、幾份帳單和一本《救生艇》雜誌。他把帳單放到桌上，用手指去拆開雜誌的紙袋，他偶爾會捐錢給這份雜誌。爵士漫不經心地翻著，因為心思還懸掛在剛才的那件事上。接著他手下一停，好像有東西貼在書頁裡。那東西用膠帶貼著，爵士仔細一看，發現他的護照被還回來了，真想不到！爵士將護照拆下來翻看，裡頭最後一個章是昨天倫敦希斯洛機場的入境章。瑪麗安用了他的護照安全抵達倫敦了，而且還用這種方式將護照還給他。爵士很想知道，她現在人在哪兒。

不知自己能否再見到她。她究竟是誰？去了哪裡？原因呢？感覺上好像在等第二幕戲開演。老實說，他覺得第一幕似乎根本還沒開演。他看到什麼了？只看到戲幕掀開而已，一名女子異想天開地把自己扮成男人，神不知鬼不覺地混過希斯洛機場海關，然後消失在倫敦市。或許他再也見不到那個女人了。想到這裡，爵士就覺得氣惱，可是為什麼他會想見她？她又不特別迷人，也不是什麼名媛淑女。不，不盡然是這樣。她確實是有點來頭，否則怎能既不訴諸色誘，又未拚命遊說，僅憑簡單幾句話就讓他慨然相助。那是因為她知人甚深，一眼瞧出了他就是那種喜歡冒險助人的人。而他也的確是在鋌身走險，史鐸夫爵士心想。她可以在啤酒杯裡放任何東西，如果她存心不良，他搞不好已成了法蘭克福轉機室裡的一具死屍了。如果她懂醫學——顯然一定懂——他的死可能被判定成心臟麻痺一類的自然死因。唉，還想這些幹什麼？他不可能再見到她了，爵士愈想愈煩。

他確實是很煩，而且他很討厭這樣。爵士仔細考慮幾分鐘後，拿筆寫下一則廣告，然後再三看過。「十一月三日飛往法蘭克福的旅客，請與飛往倫敦的同機人聯絡。」就這樣，不用多寫了。她若看到廣告，一定知道是誰登的；假如她願意，就會聯絡。她拿過他的護照，知道他姓名，也許會來找他，也許他會聽到她的消息，也許不會。很可能不會，若是如此，那麼這齣開場的短劇就只是一場無聊的鬧劇而已，讓姍姍來遲的觀眾晃一下眼，直到晚上的主戲開演為止。不過他真的很可能再也聽不到她的消息了，其中一個原因是，也許她已達成倫敦之行的任務，又飛往日內瓦、中東、俄國、中國、南美，甚至美國去了。爵士奇怪自己幹嘛把南美也放進去？這一定有原因，她並沒提過南美呀！不過霍沙姆倒提過，但他也同時提了其他一大串地名！

翌日早晨，爵士將該廣告送出後，緩緩步行回家，行經聖詹姆斯公園時，瞥見了各種秋天的花卉。菊開正盛，瘦長的花莖頂著一朵朵金黃的花朵，淡淡飄著牧草般的香氣，令他想到希臘山腰上的氣息。他一定得記得檢查報紙的廣告欄，他的廣告得兩三天後才會登出來，到時候才可能有人回應！如果真有人答覆了，他絕對不能漏看，因為無法了解事件的來龍去脈，實在令人心有不甘。

爵士試著把那女人拋到腦後，想著他姐姐潘蜜拉的臉。姐姐去世很久了，他還能記得她，他當然記得姐姐，可是無法記清她的面容。他又生起自己的氣來了。過馬路前，史鐸夫停了一下，路上除了一輛溫吞吞的車子外，沒有其他車子。爵士心想，老爺車了，那是一部舊式的高級禮車。爵士甩甩肩，幹嘛跟個白癡一樣，失魂落魄地站在這裡？

他突然越過馬路，那部老爺禮車也猛然加足馬力，以令人咋舌的速度全力衝過來。爵士不及反應，只能奮力跳到對面人行道上。車子一閃而過，繞過前面街角消失了。

「太奇怪了！」史鐸夫爵士對自己說，「難不成真的有人不喜歡我？有人跟蹤我，監視我回家，並等著找機會下手？」

§

派克韋上校坐在布倫伯里區的小辦公室裡，他每天從十點到下午五點在此上班，中間只有一小段午餐時間。上校巨大的軀體躺坐在椅上，身邊照例繚繞著濃濃的雪茄煙霧。他閉著眼，偶爾眨動兩下，表示自己沒睡著。上校很少抬起頭，有人說他是東方佛陀跟藍色大青蛙的結合體；有些更惡毒的年輕人則說他是非洲大河馬的遠親。

桌上的電話鈴聲將派克韋喚醒了，他眨了三下眼，然後睜開眼睛，伸出垂軟無力的手拿起話筒。

「什麼事？」他說。

另一頭傳來祕書的聲音。

「部長來了，想見您。」

「現在嗎？」派克韋上校問，「還有，是哪個長？該不會是街角浸禮教會的牧師長吧？」

「噢，不是的，上校，是外交部長喬治爵士。」

「可惜，」派克韋上校呼吸粗重地說，「真可惜，若是麥吉牧師就有趣多了，那傢伙夠嗆。」

「我要請他進來嗎，派克韋上校？」

「我看他根本不打算等，這些人就是這麼急躁。」上校嘀咕說，「一分鐘都等不得。」

喬治爵士走進來，他先狠狠咳一陣子。大部分人都會這樣，因為小房間裡的窗戶全關死了，派克韋上校躺坐在椅子上，全身都是雪茄灰，空氣悶得令人窒息。公務圈裡的人都稱這房間叫「貓窩」。

「噢！我的好朋友，」喬治爵士苦著臉，努力裝出愉快活潑的聲音說，「好久不見了！」

「坐吧，坐。」派克韋說，「要不要來根雪茄？」

喬治爵士覺得有點不寒而慄。

「不，謝了。」他說，「非常感謝。」

爵士使勁盯著兩扇緊閉的窗扇，可是派克韋上校卻完全無視他的暗示。喬治爵士清清嗓子，又咳了一陣，才開口說道：「嗯，我想霍沙姆來見過你了吧？」

「是的，他來過了。」派克韋上校說著慢慢又闔上眼。

「我覺得這是最好的辦法。我是說，他應該來找你，以免消息亂傳一通。」

「呃，」上校表示，「不過消息最後還是會走漏出去的，不是嗎？」

「我不知道你們對……對最近這件事的情況了解多少。」

「我們每件事都知道，」派克韋上校說，「我們就是吃這行飯的。」

「噢，是啊，是啊，當然。關於某某爵士的事……你知道我在指誰吧？」

「最近到法蘭克福的一位旅客？」派克韋上校答道。

「真是場奇遇，太奇怪了。實在是太令人匪夷所思了……」

派克韋上校耐著性子聽。

「他到底在想什麼呀？」喬治爵士問，「你認識他嗎？」

「見過一兩次。」派克韋上校答道。

「這件事實在太令人不解……」

派克韋上校好不容易把一個哈欠壓下去，他實在很不耐煩喬治爵士的擔心、怪異和不解。他對喬治爵士的意見頗感不屑，這種奉公守法的人，絕對會把自己的分內工作做好，但他真的沒什麼才氣。派克韋上校心想，大概就是這些只會在一旁擔心、奇怪和不解的人，才能安然地坐在上帝與選民給他們的職位上吧。

喬治爵士繼續說道：「我們不能忘記以前經歷過的幻滅。」

派克韋上校客氣地笑著。

「查爾斯頓、康韋和考特福，」上校說，「都是我們最信任的人，身家清白，工作表現優良，結果這些名字C開頭的人，全都是大騙子。」

「有時候我真不知道該相信什麼人！」喬治爵士鬱卒地說。

「這很簡單哪，」派克韋說，「一個都別相信就成啦。」

「再說這位史鐸夫吧，」喬治爵士表示，「家世非常顯赫，他父親和祖父我都認得。」

「富不過三代，第三代都比較會出亂子。」上校說。

這番話還是沒讓爵士釋懷。

「我只能說，有時候他實在太玩世不恭了。」

「我年輕時，有一次帶著兩個外甥到法國羅爾河看城堡，」派克韋上校突然天外飛來一筆地說，「有人在河岸上垂釣，我剛好也帶了釣竿。那人對我說：『你不是真來釣魚的吧，怎麼身邊沒帶小妞。』」

「你是說，你覺得史鐸夫爵士……」
「不，不是，他很少跟女人亂來，他的毛病就是太矛盾了，喜歡嚇唬別人，跟人抬槓。」
「那不是挺麻煩的嗎？」
「有什麼關係？」派克韋上校說，「喜歡開玩笑總比跟背叛者串謀好吧。」
「就是猜不透他心中有沒有鬼。你覺得呢？你個人的看法是什麼？」
「像教堂的鐘聲一樣，」上校說，「每個鐘都會響，但發出的聲音都不一樣。」他友善地笑笑說：「假如我是你的話，我是不會擔心他的。」

§

史鐸夫爵士將咖啡杯推到一旁，拿起報紙瞄著標題，然後小心地翻到私人廣告版。他已經找了七天了，心中雖然失望，卻不訝異。他憑什麼期望對方會回覆？爵士仔細搜尋著千奇百怪的雜項欄，這個版面好玩就好玩在這裡。這些廣告有的並不十分「私人」，一半或一半以上的啟事都是在「廉售」或「求購」。它們應該放到另一版才對，可是有人認為這樣比較引人注意，所以就擺到這兒來了，以示與眾不同。
「青年俊才，討厭粗活，喜歡悠閒度日，若有適合工作，願意接受。」
「年輕女性，願出國任管家，但拒絕照顧小孩。」

「滑鐵盧之役所用之槍，機會難得。」

「出國急售，絕美人造皮衣。」

「知道珍妮・卡絲頓嗎？她的蛋糕最是可口。請駕臨西南區利澤德街十四號。」

史鐸夫的手指停了一下。珍妮・卡絲頓？他喜歡這個名字，西南區有利澤德街嗎？應該有吧！

他倒是從未聽說過。他嘆口氣再繼續找下去。他的手指急速下移，突然有幾個字使他眼睛一亮。

「法蘭克福過客。十一月十一日星期四，亨格福橋，晚上七點二十分。」

十一月十一日，星期四，就是今天啊！史鐸夫爵士靠回椅背上，喝了一大口咖啡。他非常興奮而激動。亨格福，亨格福橋。他起身走進廚房，薇里特太太正切著馬鈴薯倒進一大鍋水裡，她略感驚訝地抬起頭。

「有事嗎，先生？」

「是的。」史鐸夫爵士問道，「假如有人約你去亨格福橋，你會去哪兒？」

「我會去哪兒？」薇里特太太想了一會兒。「你是說如果我想去的話嗎？」

「可以這麼說。」

「那我應該就是去亨格福橋，不是嗎？」

「你是說，你會去伯克郡的亨格福嗎？」

「伯克郡在哪兒？」薇里特太太問道。

「紐伯里再過去八英里。」

「我知道紐伯里，我老頭去年在那裡賭過馬，還贏了一大筆。」

「那麼你會去紐伯里附近的亨格福嗎？」

「當然不去啦。」薇里特太太說，「跑那麼遠，幹嘛呀？我當然會去亨格福橋囉。」

「你是指……」

「就在查令十字街，你知道的嘛，泰晤士河上的亨格福橋啊！」

「沒錯，」史鐸夫爵士說，「沒錯，我知道這地方。謝啦，薇里特太太。」

這簡直就是在賭運氣嘛，刊在倫敦早報上的廣告，指的當然是市區裡的地點了。但願這真的是刊登者的原意，雖然史鐸夫爵士對這個人一點把握都沒有。就那次的短暫接觸經驗看來，她非常難以捉摸，不能以一般常理判斷。但他還能怎麼辦？而且誰知道全英國有多少叫亨格福或亨格福橋的地方。但是今天，今天晚上他就能知道謎底了。

這是個寒冷而多風的夜晚，不時還飄著細雨。史鐸夫爵士豎起雨衣領口，大步向橋上走去。這不是他第一次經過亨格福橋，卻從沒像今天這樣愉快過。橋下就是泰晤士河，橋上滿是行色匆忙的行人，大夥跟他一樣豎起衣領，壓低帽子，在風雨中急著趕路回家。在熙來攘往的人群中找人，實在非常艱難。七點二十分並不是理想的約會時間，搞不好對方指的是伯克郡的亨格福區？反正這事很怪就對了。

史鐸夫繼續緩緩走著，他步履沉穩，不超越前方的行人，並仔細打量迎面而來的路人。他走得不疾不徐，後邊的人除非急著趕路，否則不會超過他。也許對方是在開玩笑吧，爵士心想，他自己雖然不會開這種玩笑，但也許別人會。

但是她看起來也不像是會開這種玩笑的人啊！匆忙的路人又從他身邊擦過去了，並將他輕輕擠到一旁。有個穿雨衣的女士踏著沉重的腳步擠到他身邊，結果不小心滑了一下，爵士伸手將她扶起來。

「你還好嗎？」

「還好，謝謝。」

女人繼續趕路，然而在經過爵士身邊時，打溼了的手——也就是剛才爵士拉她起來的那隻手——卻順勢在他手裡塞進一樣東西。接著女人便擠入人群，消失在爵士身後了。史鐸夫繼續前行，他不能去追她，相信她也不希望他那麼做。爵士加快步伐，將手裡的東西握緊。最後他終於來到雪瑞區那頭的橋尾了。

幾分鐘後，史鐸夫走進一間小咖啡館坐下來點了杯咖啡，然後看看手裡的東西。那是一封非常薄的玻璃紙包，裡頭包著一個劣質的白色信封，爵士拆開信封，沒想到裡頭竟是一張票！

一張明晚歌劇的入場券。

05 華格納主旋律

史鐸夫爵士換了個比較舒適的坐姿，聆聽《尼伯龍根的指環》一開始的敲擊樂聲。

他雖然喜歡華格納的歌劇，但並不喜歡西格里德這個角色，他喜歡的是林哥與葛德丹華。西格里德傾聽鳥鳴的那段音樂，不知為什麼，總是令他產生莫名的焦躁，以致感受不到旋律的優美。也許是因為他年少時在慕尼黑看過一場表演，裡頭的男高音唱得太過花稍吧。加上當時他太年輕，不懂得把音樂與視覺區分開來，看到一個中年胖子像小男生一樣地滿地撒歡，實在令他倒足了胃口。而且他也不喜歡鳥鳴和風吹的部分。他還是喜歡聽萊茵河少女的那段，雖然慕尼黑那場表演裡的萊茵河少女也滿胖的，但並不至於破壞優美的流水旋律與動聽的歌曲，胖一點倒無所謂。

史鐸夫不時扭頭環顧四周。他很早就坐到位子上了，音樂廳與平日一樣座無虛席。中場休息時間到了，史鐸夫站起身四下張望。他旁邊的座位還是空的，該來的人還沒來。

難道這就是她的答案嗎？

還是因為她遲到，被擋在外面了？

史鐸夫走出去四處晃晃，喝了杯咖啡，又抽了根菸，下半場快開演時才回去。這回他發現旁邊的座位上有人了！史鐸夫的興致立刻又被勾起，他回到座位坐下。沒錯，是法蘭克福機場的那位小姐！

她並未轉頭看他，只是直直望著前方。她的側面和記憶中一樣鮮明。女人微偏過頭，眼光掃過史鐸夫，卻故作不識。原來她不打算跟他相認，此刻不行，任何場合都不行。燈光漸漸暗下，女人轉過頭來。

「對不起，我能借你的節目單看嗎？我的大概在回座位時搞丟了。」

「當然。」

史鐸夫遞上節目單，女人接過去，打開來仔細研究。

燈光更暗了。下半場開演了，由洛荷林的序曲開始唱起。曲罷，女人才把節目單交還並簡單致謝幾句。

「謝謝你的好意。」

接下來是西格里德在森林裡的那一段，史鐸夫對照著節目表，這時才發現紙頁下方用鉛筆淡淡寫著一些字。他並不想馬上去讀，因為燈光不夠亮，他只是將節目單闔起來拿在手上。史鐸夫知道自己並沒有在節目單上寫過任何東西，應該是她在自己的節目單上寫好，放在皮包裡，準備給他的。這一切給他一種神祕又危險的感覺——亨格福橋上的會面、塞入他手中的信封和門票，以及默默坐在身邊的女人。史鐸夫不經意地瞥了她兩三眼，就像偶爾看看身旁的陌生人一樣。

女人懶洋洋地躺靠在座位上，一襲黑紗高領衣裳包著她修長的頸項，一條式樣古典的金項鍊垂掛下來。一頭黑髮貼著頭型修剪成短俏的模樣。女人並未看他，也不曾回應他的眼神。

史鐸夫懷疑戲院裡是否有人在監視她，或監視自己？觀察他們兩人是否彼此相識，相互交談？一定是這樣子的，要不也是極類似的事。

她已經回應他登在報上的廣告了，他應該要知足了。他的好奇心雖未獲得滿足，但他至少知道黛妮．西垛芳，化名是瑪麗安，人在倫敦。也許將來他會知道更多內情，但這都得視她而定。他得順著她的牽引，就像上次在機場一樣，依她的指示行事。現在就都聽她的吧；而且，坦白說，這樣日子似乎變得更有趣了，比他在政界圈的那些無聊會議要好玩多了。昨晚那輛車是真的想撞死他嗎？應該是的，因為對方已出手兩次，不是一次。這年頭大家開車都橫衝直撞，妄想自己是受害目標並不難，即使人家其實並沒有這個意思。史鐸夫闔上節目單，不再去看它了。

音樂已近尾聲，身旁的女人終於說話了。但她沒有轉過頭面對他，或擺出跟他說話的樣子，女人只是自言自語般地說道：「年輕的西格里德啊！」她說，然後再次嘆口氣。

節目在〈眾神的黃昏〉樂曲中結束。哄堂的叫好聲結束後，觀眾開始起身離席。史鐸夫等著看女人會不會給他任何指示，但她只是拿起自己的東西，快速地跟著其他人離座，然後消失在人群中。

史鐸夫取了車開車回家，到家後煮上咖啡，拿出節目單，攤在書桌上仔細檢視。

可是節目單上什麼也沒有，裡頭沒看到任何留言，僅在其中一頁的長串名單上端，看到淡若無痕的鉛筆筆跡，但那既不是文字、字母，也不是數字，只是一行看似樂符的東西。好像是漫不經心，用隨便抓來的筆塗上去的。他想想，這說不定是那種加熱後才會顯現的密訊，於是怯生生地拿到電熱器上烘烤，結果什麼也沒出現。

史鐸夫嘆口氣將節目單摔回桌子上，覺得窩囊極了。費那麼大勁冒著淒風苦雨跑到什麼鬼橋上，陪一個女人看了一整晚的歌劇，憋著一肚子問題不敢發問，結果呢？一無所獲！半點進展也沒有。可是為什麼她還來見他？假如她不願和他說話，也沒有進一步安排，何必要來？

史鐸夫瞄到房中擺放各種偵探故事和科幻小說的書架，搖搖頭心想，小說畢竟比真實人生有看頭，裡頭有死亡、神祕電話，還有各種精采的外國諜報人員！不過，那位神祕女子也許還沒和他玩完吧。史鐸夫心想，下回他可要自己做些安排，跟她一起過過招。

他將節目單推到一旁，又喝了一杯咖啡，然後走到窗前。史鐸夫望著窗底下的大街，眼光落回仍握在手裡的節目單，嘴裡不自覺地哼著曲子。他對音樂很敏感，輕而易舉地便哼出塗在節目單上的旋律。他覺得那曲調似乎有點熟悉，便放大聲音哼著，但一時還是想不起來。啦啦，啦啦啦，沒錯，的確很熟悉。

他開始去拆閱信件。

都沒啥意思，有兩份請帖，一份是美國大使館的，一份是雅瑟漢頓夫人舉辦的慈善義賣會，皇室人員將會參與，入場費五金幣。史鐸夫將信扔開，反正他都不想去。他想，與其待在倫敦，還不如依約去看瑪蒂達嬸婆！他雖然不常去探望嬸婆，卻很喜歡她。嬸婆住在鄉下一棟喬治王朝時代的舊房子裡，這是她祖父留下來的遺產。這棟房子有裝飾典雅的大客廳、橢圓形的小飯廳、全新設備的廚房、兩間客房。她自己住的套房臥室很大，而且與隔壁特別護士的房間相通。而這幾間房間只是那棟大屋子的東廂部分而已，其他部分則用防塵布蓋起來，定期派人打掃。史鐸夫很喜歡這棟房子，童年時常去那兒度假。那兒曾經充滿了歡樂，他的大伯父曾陪著妻子和兩個孩子一起住在那兒。當時他們生活富裕，僕從如雲，房子裡到處是肖像和畫作，牆上掛滿了維多利亞時期的巨幅油畫，還有許多年代更久的傑作。是啊，那邊是有不少出色的肖像畫。一幅雷伯恩的作品、兩幅勞倫斯、一幅庚斯博羅、一幅萊利、兩幅可能是范戴克的，還有透納的兩幅作品。有些畫作變賣掉了，以支應家用，但每次造訪，他還是喜歡四處晃晃，仔細觀賞家族人員的畫像。

愛說話的瑪蒂達嬸婆非常喜歡他去看她，但史鐸夫可就沒那麼熱中了。他不清楚自己為什麼突然想去看嬸婆，又為何突然想到那些家族肖像？也許是因為二十年前一位頂尖畫家為潘蜜拉畫過像吧？他很想去看看潘蜜拉的肖像，並仔細看個清楚，看看那位半路殺出來擾亂他寧靜生活的陌生女子，與他姐姐有多麼相似。

史鐸夫心煩氣躁地拾起節目單，哼著那幾小節曲調，啦啦啦，嘀嘟……接著他想起來了，這就是少年西格里德的主題曲，女人昨晚自言自語的就是這個。她的話裡別有含義，旁人聽不出來，因為感覺上像是在談剛才演奏的音樂。而且她也用音樂的形式將訊息寫在他的節目單上。

年輕的西格里德！這話一定具有某種含義，也許會有更進一步的指示吧。年輕的西格里德，這到底是什麼鬼意思？指的究竟是啥玩意兒？實在太荒唐了，完全不明所以！

他撥了瑪蒂達嬸婆的電話。

「親愛的，你要來當然是太好啦。搭四點半的火車，這班車還在行駛，不過到這裡會遲上一個半小時，而且會在五點十五才離開派汀頓站。虧他們還口口聲聲說要改進！路上還停了一大堆奇奇怪怪的站。好啦，霍勒斯會到火車站接你。」

「他還在呀！」

「當然還在呀。」

霍勒斯本來是侍童，後來當了馬夫，現在熬到司機了，看樣子他還會繼續待下去。

「他至少有八十歲了吧！」史鐸夫爵士笑著說。

06 仕女的肖像

「哎呀，你的氣色很好，曬得很健康嘛。」瑪蒂達嬸婆開心地看著史鐸夫說，「我想去馬來亞一趟都會這樣子。你是去馬來亞沒錯吧？還是暹羅或泰國？他們把地名都改了，搞得我都記不住了。反正不是越南吧？你知道，我很不喜歡越南這兩個字的發音，特別容易弄混。北越啦，南越啦，還有越共什麼的，兩邊打來打去，都不肯停。他們又不肯去巴黎或什麼地方坐下來好好談一談。你有沒有想過，親愛的，我可是想了很久才想到這個絕佳的解決方案喔……蓋一堆足球場給他們，讓他們全都上場去較量嘛，這樣就不會用到殺人武器啦，只是互相推推擠擠而已。他們會喜歡的，人人也都會喜歡的，而且還可以跟觀眾收取入場費哩。我覺得我們真的很不懂別人要什麼。」

「你這點子妙極了。」史鐸夫低頭在那滿是皺紋卻又清香粉紅的面頰上親著。「你近來可好，親愛的嬸婆？」

「唉，我老囉。」瑪蒂達夫人說，「真的是老了。你當然不懂什麼叫老，不是這裡痛，就是那裡痠；風溼啦、關節炎啦、氣喘啦、喉嚨痛啦，要不就扭到腳踝，總有毛病的。都是些小病，但就是不斷根。說實話，到底是什麼風把你吹來的？」

史鐸夫被老人的坦白嚇了一跳。「我每次從國外回來都會來看你呀！」

「你得再坐近點，」瑪蒂達嬸婆說，「我的耳朵比你上次來看我時更背了。嗯……你看起來不太一樣，怎麼啦？」

「只是曬黑了些，你自己剛才都說過的。」

「胡說，你明知道我不是這個意思。難不成終於有女朋友了？」

「女朋友？」

「是呀，遲早總要有一個的。問題是，你太玩世不恭啦。」

「你怎麼會這樣覺得？」

「咦，大家不都這樣覺得嗎？真的，你的幽默感對你的事業一點幫助都沒有，而且你又只和那些外交界、政治界的人混在一起，或和那些所謂的政治新秀、政界元老，還有青壯政治家攪和，加上各個黨派。老實說，我覺得搞那麼多政黨真的很無聊。最可惡的就是那批工黨的人了。」她昂起頭，用保守黨人的語氣說，「我年輕時，根本就沒有什麼『工黨』，也沒人知道那是什麼意思，人們只當他們在胡鬧而已。還有那個自由黨，也是亂七八糟。後來又有一批自稱保守黨的人。」

「他們又怎麼啦？」史鐸夫好笑地說。

「太多激進的婦女了，搞得沒情沒趣的。」

「哦，今天沒有一個政黨是為了情趣在參政。」

「也對。」瑪蒂達孀婆說，「你的問題也是出在這兒呀。你想創造點情趣，所以才會對別人開點無傷大雅的玩笑，可是他們並不領情呀！」

史鐸夫爵士揚聲大笑，同時眼神在室內巡視。

「你在看什麼？」

「你的那些畫像。」

「你不會是要我把它們賣了吧？最近大家都在流行賣家傳畫！老格蘭普爵爺你知道吧？他把透納的幾件作品都脫手了，現在開始賣起祖先的畫像。古德曼則把他的那些名種馬當了過日子，這代價未免也太大了。」

「我沒說要你賣畫，我很喜歡那些畫，這房間裡的畫都很珍貴，因為都是我的祖先。當然，這年頭祖先已經不值錢了。可是我很守舊，我愛祖先……我是說老一輩的人。你在看什麼？潘蜜拉嗎？」

「真的，我前幾天才想到她。」

「你們兩個人實在太像了，簡直像雙胞胎一樣，不過據說就算是龍鳳胎，也不見得一模一樣。你懂我的意思吧？」

「所以莎士比亞一定是把薇奧拉和西巴斯辛[2]寫錯了。」

「但兄弟姐妹通常很像，不是嗎？你和潘蜜拉看起來就非常相像。」

「其他方面呢？你不覺得我們性格上也很相近嗎？」

「哪像，一點都不像。好玩就好玩在這裡，你和潘蜜拉都有我們家的遺傳……不是奈伊家族喔，我是指鮑德溫．懷特家族。」

談到列祖列宗，史鐸夫爵士在嬸婆面前就全然插不上嘴。

「我一向認為你們倆最像雅莉莎。」

「雅莉莎是誰？」

「你們的曾祖母……好像應該是高曾祖母。她是匈牙利人，大概是匈牙利的女伯爵或女侯爵。你們的高祖出任維也納大使時對她一見鍾情，她是標準的匈牙利人，非常活躍，擅長多種運動。你知道，匈牙利人都很愛運動，她的騎術非常高明，經常陪你們高祖去打獵。」

「畫廊裡有她的畫像嗎？」

「一上樓梯的右邊就是。」

「睡覺前我一定得去瞧瞧。」

2 薇奧拉和西巴斯辛是莎士比亞喜劇《第十二夜》中的人物。

「幹嘛不現在去？看完後回來，我們再談談她的事。」

「既然你這麼說，我就去囉。」他微笑著對嬸婆說。

史鐸夫跑出房間上了樓。瑪蒂達嬸婆的眼光確實精準，就是這張臉沒錯。烙印在他腦海的正是這張面容，比起他和潘蜜拉，那面容與眼前的畫像更相似。他那位不知高高高到哪裡的老祖宗從外國娶回這位美女，她當時年約二十，活潑開朗，騎術精湛，舞姿曼妙，不少男子拜倒在她石榴裙下。但她對史鐸夫那位穩重嚴肅的外交家祖先忠貞不二，隨著丈夫出使國外，後來回到此地，生了三、四個孩子，其中一名繼承了她的臉、鼻子和脖子，然後又傳給了史鐸夫和潘蜜拉。那位在他啤酒裡下藥、借了他的外衣、強要他協助逃命的年輕女子，搞不好是畫中人的遠親。很有可能，說不定她們還是同一國籍。不管怎樣，她們的外表實在太像了。他還記得劇院中那女子筆挺的坐姿、細長秀氣的鼻梁，和整個人散發出來的氣質。

§

「找到了嗎？」史鐸夫回到那間白色的客廳時，瑪蒂達嬸婆問道，「很有趣的一張臉，對吧？」

「是啊，而且也很漂亮。」

「有趣比漂亮還棒。你沒去過匈牙利或奧地利吧？你在馬來亞是看不到她那種人的，她可不會靜靜坐在書桌旁看書或寫字，那個人不管從哪一方面看來，都很桀驁不馴。即使外表秀氣文靜，內心還是野氣未脫，像終年在藍天荒野翺翔的野鳥一樣，不知危險為何物。」

「你怎麼會知道那麼多她的事？」

「噢，我和她當然不是同一時代的人，我是在她去世幾年後才出生的。不過我一直對她很感興趣，我覺得她是個冒險家，她那份永遠不變的好奇心令我十分著迷。家中流傳著很多關於她的故事，許多故事還真的很神呢！」

「那我的高祖有什麼反應？」

「應該是擔心得要命吧。」瑪蒂達嬸婆微笑道，「不過聽說他很寵她。對了，史鐸夫，你讀過《山達的俘虜》嗎？」

「《山達的俘虜》？好像聽過。」

「當然聽過啦，那是一本書。」

「我知道是一本書。」

「我看你是沒讀過，這是我們這一代少女時期的第一本言情小說。當時還沒有流行音樂和披頭四，只有愛情小說可看。我們小時候是不准看小說的，早上不給看，但下午可以！」

「這是哪門子規矩啊，」史鐸夫說，「早上讀小說和下午讀有什麼差別嗎？」

「應該有吧，『一日之計在於晨』嘛，早上得做點『正經』事，比如去花園照料花草或擦拭銀製的相框啦，做些女孩子家做的事，或跟家庭教師念點書。到了下午，我們就可以坐下來看故事書了。通常都會先看看《山達的俘虜》這類的休閒書。」

「我想起來了，好像是個很純情、很精采的愛情故事，對吧？我好像看過，一點都不煽情黃色。」

「當然啦，我們那時才沒有黃色小說哩，只有浪漫小說，《山達的俘虜》就極盡浪漫之能事，你很難不愛上像拉森戴爾那樣的英雄。」

「我記起他的名字了，滿花稍的。」

「嗯，我倒覺得這名字很浪漫呢。當時我大概才十二歲吧！你上樓去看畫像時，令我想到故事裡的費里雅公主。」

史鐸夫笑著對老太太說：「嬸婆，您看起來年輕純真又易感，好可愛啊。」

「嗯，我現在就是這種心情啊。如今的女孩子就不是這樣啦，她們的愛都很激烈，看到男生抱著吉他大吼大叫，就興奮到昏倒，可是這種感情卻不夠感性細膩。其實我並沒有愛上書裡的英雄，我看上的是他的替身。」

「哦，他有替身嗎？」

「當然有，是一位國王，魯坦尼亞的國王。」

「噢，我知道了。沒錯，我讀過那本書，拉森戴爾去當國王的替身，結果愛上國王的未婚妻費里雅公主。」

瑪蒂達嬸婆深深地嘆了幾口氣。

「是啊，拉森戴爾遺傳到祖先的紅髮，書中有一段講到他去看這位遠祖的肖像時對亞米莉亞女爵的畫像深深鞠躬的場面。剛才你去看畫，我就覺得你簡直就是拉森戴爾的化身，回到過去尋找先人，看她是否令你想起某一個人。我看你是在戀愛了吧？」

「你為什麼會這樣說？」

「要知道，人生脫不開幾種模式。當你進入某種模式，就會有一種特別的反應與表現。就像編織書裡有六十五種不同的織法，各個一目了然。我看哪，你現在正陷入愛情探險的模式。」她嘆口氣說，「不過，我想你大概不願意跟我說吧。」

「本來就沒什麼好說的。」史鐸夫表示。

「嗯，你說謊一向臉不紅氣不喘。好吧，算了算了，反正啊，趁醫生還沒用新藥把我毒死之前，找機會帶她來見見我這個老太婆就對了。你都不知道現在我要吃幾種顏色的藥丸哩，看了包準嚇死你。」

「你為什麼一直提『她』呀『她』的？」

「難道我說錯了？老太婆的直覺很靈的，你心裡有個『她』，我還瞧不出來嗎？我只是不知道你是怎麼遇到她罷了，該不會是在馬來亞的會議桌旁吧？是大使或部長的女兒嗎？還是大使館游泳池畔的漂亮女祕書？嗯，應該不是。是在回國的船上嗎？哦，不！你們現在不坐船了。那麼是飛機上認識的囉？」

「接近一點了。」史鐸夫忍不住說。

「啊哈！」她雀躍地說，「是空中小姐？」

他搖搖頭。

瑪蒂達嬸婆說：「哎呀，不說算了！反正我遲早會發現的，老太婆我鼻子靈得很，什麼事打聽不出來？當然啦，我現在是不太過問世事了。不過我偶爾會和幾位密友見面，總會探出一些蛛絲馬跡。現在的人就是愛杞人憂天，庸人自擾。」

「你是說，現代人普遍不滿，愛憤世嫉俗嗎？」

「不，我不是這個意思。我是指高層人士，我們的政府在憂慮，外交部在憂慮。有些不該發生的事正在暗中進行，令人覺得騷動不安。」

「你是指學生的騷動嗎？」

「學生的抗爭只是其中一環，騷動現象其實瀰漫在每個地方、每個國家。有個女孩每天早上來幫我讀報紙，我自己讀不動了。這孩子聲音很好聽，她幫我處理信件、讀報，真是非常乖巧。這孩子挑我想知道的事唸，而不是她覺得我該知道的事去讀。聽她讀報，我就知道大家都在擔心；而且我的推測還獲得一位老朋友的證實。」

「是不是那位行伍出身的老友？」

「人家是海軍少將，退休好多年啦，不過還是沒跟世事脫節。學生本來就衝動，但他們最擔心的倒不是這件事，每個人都年輕過，每個國家的青年都熱血沸騰，他們會抗議、示威，喊出各種激動人心的口號，卻未必了解那些口號的真意。年輕人本來就叛逆，想將世界改造成他們理想的模樣，但年輕人也是盲目的，看不清現實，看不清方向，不知下一步在哪裡、前景何在、誰是幕後的操弄者。這才是我們憂慮的。這情形就像有人在驢子前面吊了一根胡蘿蔔誘牠前進，同時後面又有人拿著鞭子催牠前行。」

「你的想像力好豐富。」

「這可不是想像啊，孩子。當初大家也是這麼說希特勒的，其實希特勒與他的青年團是經過長期籌備的，那是一場精密策畫的戰爭。第五縱隊的勢力，老早就根植在每個國家了，只等『超人』登高一呼。這位『超人』當時被視為德國的希望，舉國上下莫不情緒化地相信他。目前有些人抱持類似的信念，這信念若得到適度的煽動，人們就會願意接納。」

「你指的是誰？是指中國或俄國人嗎？你是什麼意思呢？」

「不知道，我根本不知道是誰。不過有些事在進行，而且情形都一樣。這又扯到人類的行為模式了。脫不了模式的！俄國陷在共產主義的泥淖中，我覺得他們已跟不上時代了。至於中國，我覺得他們太盲目了，心中只有毛澤東一個人。我不知道策畫的人是誰，不知道原因、地點、時間和人。」

「很有意思。」

「是很可怕！同樣的意念總會捲土重來，歷史是會重演的。年輕的英雄，眾人膜拜的超人。」

她停了一下，然後說：「同樣的意念，就像『年輕的西格里德』。」

07 忠告

瑪蒂達嬸婆望著史鐸夫，眼神炯亮而銳利，史鐸夫之前也注意到她的眼神了，但此時感受更為深切。

「原來你也聽過這個說法。」她說。

「你這話是什麼意思？」

「你不知道嗎？」嬸婆揚起眉毛。

「我發誓，說謊的話會死。」史鐸夫學小孩子說。

「我們小的時候總愛這樣說，你是真的不知道嗎？」

「真的不知道。」

「不過你聽過這個說法。」

「是的，有人對我說過。」

「是很重要的人嗎？」

「可能吧，我想可能是。你所謂『重要的人』是指什麼？」

「你近來參加了幾次政府會議，對吧？還代表我們可憐的英國出席各種會議，我相信你一定盡最大努力坐下來跟人討論了。不知你們有沒有談出什麼結果？」

「沒什麼具體結果，」史鐸夫說，「參加會議本來就不能太樂觀。」

「不過總要盡力而為吧。」瑪蒂達嬸婆糾正他說。

「理想上如此。可惜現在愈是『盡力不為』的人，往往愈無往不利。這又是什麼道理啊，嬸婆？」

「我哪知道。」

「你不是每件事都知道嗎？」

「胡說，我只是東知道一點，西知道一點而已。」

「是嗎？」

「我還有幾位老友，幾位具有真知灼見的朋友。當然啦，這幾位多半垂垂老矣，不是耳背就是眼瞎，要不就一腳跨進棺材裡，連路都走不直啦。不過他們人老了心可沒老，腦子還靈光得很。」她拍拍自己梳理整齊的鶴髮說，「我們發現，目前的態勢頗值得憂慮，情況比以往悲觀多了。」

「情況一向不都如此嗎？」

「沒錯，沒錯，但不僅如此而已，現在已經由被動化為主動了，這是我們從周邊觀察的心得，我們覺得事情演變得很糟糕，真的很糟，感覺有人在操弄局勢，非常危險。有人在進行某件事，在醞釀某件事，不單只是一個國家，而是同時在許多國家中進行。他們召集了自己的人馬，而且都是些年輕人，危險就危險在這裡，年輕人願意去任何地方做任何事，可惜他們也很盲從，只要讓他們去搞破壞，讓他們盡情宣泄，他們就會相信自己的理念是對的，世界也將因此變得更美好；他們不但沒有創造性，還有很深的破壞力。有創造力的年輕人會寫詩著書，或作曲畫畫；若是這樣，便不會鬧事；可是他們若一旦為破壞而破壞，魔鬼便會趁虛而入、為所欲為。」

「你說的『他們』是指誰？」

「我要知道就好了，我也很想了解真相啊！」瑪蒂達嬸婆說，「我若聽到有用的消息，一定會告訴你，到時候你就可以想點辦法了。」

「可惜你告訴我，我也無處可說。」

「事實上，你也沒有必要讓每個人知道，你不能逢人就信，別告訴那些白癡官員或政府相關人員或有心從政的人。政客根本沒時間關心天下事，他們只關心自己的居住地，只關心選票而已，各個短視近利。他們以為自己在做事，結果卻完全沒有改善，因為那些根本無關人民福祉。而且他們讓人覺得，政治家有說謊的權力。鮑德溫先生不久前不是才說過這樣的名句嘛，他說：『我若說實話，就會失去選票。』連首相都有這種想法！還好，感謝上帝，我們還有幾個好人，雖然只有鳳毛麟角。」

「你有什麼改善的建議嗎？」

「你問我？問我的意見？你知道我今年多大年紀了嗎？」

「快九十歲了吧？」史鐸夫說。

「才沒有那麼老呢！」瑪蒂達嬸婆有點不悅地說，「我看起來像九十歲嗎？」

「沒有沒有，你看起來保養良好，頂多六十六歲。」

「這還差不多，雖然不是真話。也許我能從那些退役海軍上將、陸軍將領，甚至是空軍元帥身上探到一點消息……他們消息很靈通的，因為身邊都還有一些親信，而且這些老傢伙經常聚會，所以消息會傳來傳去。老歸老，人脈還是在的。『年輕的西格里德』，我們得弄清這句話的含義。我不知道這是代表一個人、一句暗號、一個組織名稱、一位新出世的彌賽亞或只是一個流行歌手？不過這句話必然暗藏玄機，這戲不是有一段主題音樂嗎？我都快忘了華格納了。」她用喑啞的聲音哼了一小段難以辨識的旋律，『西格里德的號角響徹四方』，對吧？你幹嘛不去弄根直笛來，就是小學生吹的那種，學校有開課的。前幾天去串門子，我們的教區牧師就聊起直笛來了，很有意思的，他談到直笛的歷史，從伊利莎白時期的直笛談起。有的大，有的小，音調和聲音各不相同，非常有趣。聽到直笛的兩個面向，一是直笛本身，有的音色非常優美，二是直笛的歷史，好玩好玩。對了，我剛說到哪兒啦？」

「你叫我去弄一把樂器。」

「是啊，去弄根直笛，練一練西格里德的號角那一段。你一向很有音樂細胞，應該學得會。」

「嗯，這和拯救世界的大業好像沒什麼關係，不過我想我可以勝任。」

「把直笛先練好，因為啊……」她用眼鏡盒子敲著旁邊的小桌子。「說不定可以用它打動敵人的芳心，讓他們接納你，而探到一點內幕。」

「你點子倒是不少。」史鐸夫欽佩地說。

「到了我們這種年紀，除了出點子外，還能做什麼？」老孀婆說，「我們既不能到處逛，也不能出門去聊天，連到花園蒔花散步都有問題。只能坐在椅子上，想點有的沒的。再過四十年哪，你就知道這種滋味了。」

「你剛提到一件事，我很感興趣。」

「只有一件啊？」瑪蒂達孀婆說，「我講半天，你只對一件事感興趣？真是的。是哪一件？」

「你說我可能藉直笛打動敵人的芳心，是嗎？」

「這可能是一條路，到時候就憑你的判斷去分辨好人與壞人了，然後設法探查其中的祕密。你要學著去滲透，然後挖掘，就像蛀蟲一樣。」她緩緩說道。

「那我晚上豈不得吱吱亂叫了？」

「差不多吧，沒錯。我們家東廂就曾經長過蛀蟲，花了不少錢才把蟲除掉。想匡正世界，也是要付出極高代價的。」

「豈止是很高的代價而已。」史鐸夫說。

「那倒無所謂，」瑪蒂達嬸婆說，「人們在乎的不是花大錢，但花錢才能打動他們，反而是你東省西摳時，他們就不陪你玩。這是天下人的通病，我們英國人哪，一直都沒變。」

「你這話是什麼意思？」

「英國人能做大事，能打天下，建立龐大的帝國，卻拙於經營。不過話說回來，我們已經不需要帝國了，我們也體會到這點，帝國太難經營了。羅比教我明白了這個道理。」

「羅比？」聽起來有點耳熟。

「羅比．薛漢。我的老友，左半身已經不能動了，可是還能說話，藉著助聽器也能聽得很清楚。」

「他還是世界知名的物理學家，」史鐸夫說，「原來他也是你的老友啊？」

「我們從小就認識了，」瑪蒂達嬸婆說，「你大概很訝異我們竟然是朋友吧？我們有許多共通處，非常談得來。」

「嗯，真想不到……」

「想不到我們居然會談得來嗎？沒錯，我對數學一向半竅不通，幸好我們小時候，女生不用念數學。羅比才四歲時就很會算了，人們說這是很自然的。羅比很健談，他向來很喜歡我，因為我很幽默，經常能使他開懷大笑，而且我也是個很好的聽眾。說真的，他的觀點也確實有許多獨到之處。」

「是喲。」史鐸夫冷冷地說。

「別挑剔了。莫里哀不就娶了自己的女傭，過得幸福無比嗎？一個聰明絕頂的男人，根本不會想找個聰明絕頂的女人聊天，那會累死人的。他寧可找個可愛、能讓他開心的小傻瓜聊天。我年輕時長得也挺人模人樣的。」瑪蒂達嬸婆得意地說，「我自知沒什麼大學問，也算不上知識份子，但羅比總說我很有那根筋。」

「你很可愛，」史鐸夫表示，「所以我才喜歡來看你，你說的事，我都會記住。你應該有很多事可以告訴我，可是顯然你不打算說……」

「等時機對了再告訴你吧。」瑪蒂達嬸婆說，「我會把你的事放在心上，隨時讓我知道你在做什麼，你下星期要到美國大使館參加宴會對吧？」

「怎麼你連這個都知道？我是收到了請帖。」

「而且也答應要去了。」

「這是我的職責所在。」他好奇地望著她問，「你的消息怎麼這麼靈通？」

「噢，是梅莉告訴我的。」

「梅莉？」

「梅莉．柯曼，美國大使夫人，很迷人的一位太太，身材嬌小，美麗大方。」

「噢！你是指梅德莉．柯曼哪！」

「梅德莉是她的教名，她喜歡人家喊她梅莉。我們在電話上談義賣會的事，這位夫人哪，簡直是小一號的維納斯，美到無以復加。」

「這種說法倒很有意思。」史鐸夫說。

08 晚宴

當柯曼夫人張開雙手歡迎他時，史鐸夫想到了瑪蒂達孀婆的形容。梅莉・柯曼年約三十五到四十，五官非常標致，一雙大眼藍中帶灰，栗色的頭髮梳向一邊，完美地襯托出那妝點得宜的臉龐。夫人在倫敦人緣極佳，她先生山姆・柯曼身材胖大沉重，非常以妻子為傲。大使自己講起話來溫吞沉悶，聽眾面對他不知所云的長篇大論時，經常聽到快睡著。

「剛從馬來亞回來是嗎，史鐸夫爵士？那邊應該很有趣吧？不過我是不會選這個時節去那邊旅行的。真高興看到你回來。嗯……噢！你一定認識奧巴勒夫人和約翰爵士，還有羅肯先生夫人，史金罕先生夫人。」

這些人史鐸夫大都認識，只是交情深淺不一。唯獨荷蘭來的史金罕夫婦沒見過，因為史金罕先生剛剛到任，擔任社會安全部的部長。史鐸夫覺得這對夫妻都是話不投機的人。

「這位是蕊妮塔・澤柯斯女爵，她說你們見過面。」

「應該是一年前，也就是上次我來倫敦的時候吧。」女爵表示。

怎麼會是她？法蘭克福的過客？看她一副神閒氣定的樣子，身上一襲鑲了藍灰色栗鼠毛的禮服，使她顯得光彩照人。她的頭髮高高地盤在頭上（是假髮嗎？），白皙的粉頸上，掛著古色古香的紅寶石十字架。

「這是佳斯波洛小姐、雷納伯爵、阿巴思諾特先生和夫人。」

來賓共約二十六名。宴席上，史鐸夫的位子被排在言語無味的史金罕夫人和佳斯波洛小姐之間。澤柯斯女爵坐在他正對面。

大使館的餐宴，來賓都大同小異，不外乎是外交界人士和各部會首長，通常還包括一兩位工商鉅子或社交名流，因為他們長於談吐，率真自然，相處起來十分愉快。不過史鐸夫心想，也就只有那麼一兩位與眾不同而已。史鐸夫與佳斯波洛小姐談得正起勁，這位小姐十分健談，而且有些賣弄風情。史鐸夫聊天的同時依然不忘分神觀察在場的每一個人，只是不敢做得太明顯罷了。史鐸夫瞄著眾人，不確定自己為何受邀而來？是有特殊原因，還是剛好被點到名？或只是被抓來「充數」，以求平衡席間男女人數？史鐸夫經常被抓去「填空」。

「噢，有了！」某外交家夫人會指示祕書說，「史鐸夫最適合了，把他的座位安排到某某夫人與某某小姐之間吧。」

他可能就是被找來「填空」的，但史鐸夫又覺得不像。經驗告訴他，此次受邀應該另有原因，所以便忙著研究在場來賓，一邊又要裝得不露痕跡。

這些賓客中，有些是主客，是這場宴會的重要來賓，有些則是受邀作陪，當陪襯紅花的綠葉用。誰是那個重要人物？史鐸夫揣度著，不知道那是誰。

主人柯曼大使當然知道，梅莉也可能知道。千萬不可小看這些夫人，有些夫人比做先生的更為長袖善舞，僅憑藉著自身的魅力、圓融周到、體貼細心、謹言慎行，便能打通各種人脈。不過呢，有的太太則非但沒有幫夫運，簡直還是一種災難。那些在政治婚姻中自認讓老公高攀的富家女，常會說錯話或做錯事，搞得場面十分難堪。想預防這種情況，就得需要動用一兩位甚至三位精於打圓場的客人了。

今天的晚宴純粹只是一場社交聚會嗎？史鐸夫很快瞄著餐桌上幾位還未細看的人士。一位是美國商人，看起來很友善，但並不八面玲瓏；一位是中東某大學的教授；還有一對夫婦，先生是德國人，太太一看就是美國人，長得非常漂亮，而且魅力四射。這幾個人中有誰是主客嗎？史鐸夫腦裡閃過幾個字：FBI，CIA。那個商人搞不好就是中情局的，來此別有目的。這年頭不都是這樣嗎，跟以前都不一樣了。以前只有美國盯著你，現在連大西洋對岸的人都在監視你，甚至歐洲共同市場也來參一腳。沒錯，很多事都在背地裡進行。那是遊戲規則，或只是另一種風潮？現在大家談歐洲時都在說什麼？對了，是「共同市場」，公平的處理貿易、經濟及各國之間的關係。

這只是前台的戲，但後台裡，有人依前台情況，正在伺機而動。

到底會是什麼？

史鐸夫思忖著，世界舞台的台前台後，究竟在上演什麼戲碼？有些他知道，有些是猜的，還有一些，他全然沒有半點頭緒，而且也沒人希望他知道。

史鐸夫望著對面的佳人，她下巴微揚，嘴角帶著客氣的淡淡微笑。兩人的視線相遇了，他卻無法從她的眼神笑容中探出一絲線索。她來這裡做什麼？看她如魚得水、適得其所的老練模樣，是的，她對外交界非常熟稔。史鐸夫不難看出她在外交界裡扮演的角色，但那真的是她的身分嗎？

那位穿著便裝、一臉聰明，貿然在法蘭克福與他攀談的年輕女子才是真正的她，或是這位經驗老到的社交名媛才是？她只是在扮演角色而已嗎？史鐸夫真想探出個究竟來。

他們會在這裡相遇，真的只是純屬巧合嗎？梅莉站起身，其他女士也跟著起立。突然間一陣喧囂自屋外轟然傳來，間雜著叫喊聲……以及槍聲。佳斯波洛小姐抓住史鐸夫的手嚷道：「又怎麼了！天哪，一定又是那些可怕的學生在鬧事了。在我們國家也一樣。為什麼他們要攻擊大使館呢？他們打架鬧事，與警方對抗，示威遊行，喊一些愚不可及的口號，還躺在大街上抗議。他們像害蟲一樣地在歐洲四處作亂，羅馬有，米蘭也有。這些年輕人為什麼老是不滿足？他們到底要什麼？」

史鐸夫啜著白蘭地，聽鄉音濃重的史金罕先生發表長篇大論。外面的聲音小了下來，騷亂大概已被警方抑制了，喧嘩聲漸漸淡去。

「我們要加強警力，我們需要更多警力，目前人手根本不夠。據說到處都是如此，我前陣子跟德國的維羅茲談過，他們也有這類問題，法國也一樣，北歐各國倒是比較少。這些學生到底要什麼，難道只是想鬧事而已嗎？要照我的方法來辦的話……」

史鐸夫的思緒早已轉到另一件事了，不過還是虛與委蛇地假裝聆聽史金罕那毫無創見可言的「高見」。

「嚷嚷著越南問題，他們對越南了解多少？他們連一個都沒去過越南，不是嗎？」

「應該是沒去過。」史鐸夫說。

「今晚就有人跟我說過，他們加州那邊鬧得才凶呢，加州各大學裡，如果我們的政策能更明智一點……」

不久男士們紛紛來到客廳，加入女士的陣營裡。史鐸夫悠閒而漫不經心地晃到選定的目標旁，在一位熟識的金髮女士身邊坐下來。這位饒舌的女士雖然言語空洞，可是關於各名媛淑女的小道消息庫藏豐碩。史鐸夫旁敲側擊，在對方毫不知情的狀況下，很快探到一些澤柯斯女爵的消息。

「她還是很漂亮，對吧？她最近很少來了，大部分時間都待在紐約，或是那個美麗的小島。你知道是哪個吧，不是西班牙的米諾卡島，是地中海的另一個島。她姐姐嫁給瑞典的皀業大王，賺錢像在賺水一樣，當然啦，她還經常住在慕尼黑附近的城堡。她一向很有音樂素養，她說你們以前見過面是嗎？」

「是啊，好像是一兩年前吧。」

「嗯，那大概是她上次來倫敦的時候。他們說她捲進捷克斯拉夫還是波蘭的問題裡？哎喲，那些國家名字好難唸啊，一堆怪音，又難拼得要命。她是那種很藝文的人，經常搞一些聯名請願，幫這裡的作家申請庇護。不過其實也沒什麼人留意，現代人只會擔心自己的稅率問題。海外旅行津貼多少有些幫助，可是也不大，畢竟得先有錢，才能到海外去，對吧？我實在不知道現在的人是怎麼賺錢的，不過這世上錢財還真的不少，真的，非常多……」

她得意地垂眼看著自己左手上的兩大枚戒指，一枚鑽戒，另一枚是綠寶石，看來有人在她身上花了大把銀子。

晚宴都快結束了，史鐸夫對那位法蘭克福機場怪客依然一無所知，只知道她有副精雕細琢的門面，且對音樂極感興趣。他不就是在歌劇院裡跟她碰面的嗎？她喜歡戶外運動；有個富可敵國、擁有地中海私人島嶼的親戚；支持藝文活動；人脈廣闊，活躍於社交圈；和政界關係似乎不深，但也許私下隸屬某個團體；她經常旅行各地，周旋於富人及藝文精英之間。

史鐸夫想到「間諜活動」也許是最有可能的答案，但這答案無法全然令他滿意。

晚宴繼續下去，終於輪到他和女主人聊天了。梅莉是位非常稱職的女主人。

「我一直等著跟你說話呢，我好想聽你談談馬來亞半島的事。我對亞洲實在是無知得可以，連這個那個國家都會搞混。告訴我，那裡發生了什麼事？好玩嗎？還是一切都非常無聊？」

「我相信你已猜到答案了。」

「我猜大概很無聊吧，不過也許你不能發出這種評語！」

「噢，不會的，我怎麼想就怎麼說，反正礙不到我。」

「你為何要去呢？」

「啊，我喜愛旅遊，喜歡看看不同的國家。」

「你真是個非常懂得生活情趣的人。老實說，外交人員的生涯其實都很無趣，不是嗎？我實在不該這樣講，這話我可是只對你說喔。」

好藍的眼眸呵！藍若林子裡的風信子，她明眸微瞠，蛾眉半垂，襯得一張臉蛋嬌柔如波斯貓。他實在搞不清楚梅莉到底是怎樣的女人？她那輕柔的南方口音，小巧而無可挑剔的頭形，側面看去，恍若銅板上的浮雕。她到底是怎樣的人？史鐸夫覺得她非常聰明，是那種必要時懂得利用社交手腕，能隨心所欲散放魅力，又懂得內斂的人。她若想從別人身上得到什麼，總有辦法達成目的。史鐸夫發現，梅莉現在就用那種熱切的眼神看著自己。她對他有所企求嗎？史鐸夫不知道，也覺得不太可能。梅莉說道：「你見過史金罕先生了嗎？」

「噢，見過了，吃飯時我們還在一起談天呢，這是我們第一次見面。」

「聽說他是一個很重要的人，」梅莉說，「是PBF的執行長。」

「PBF、DCV、LYH，天啊，所有的東西都變成簡寫，真難記。」

「是啊，討厭死了。」梅莉表示，「真的很討厭，這些簡稱一點人性都沒有，只有幾個字母而已。這世界真是太煩人了！我常常這樣覺得，這世界怎麼那麼討人厭哪？我希望世界能變得不一樣……」

她真這麼想嗎？史鐸夫想了一會兒，也許她說的是真心話！有意思……

§

葛瓦諾廣場靜悄無聲，人行道上還殘留著玻璃碎片、雞蛋、砸碎的番茄和一些閃閃發光的金屬碎片，而天上眾星默默。車子一輛輛開到大使館門口，接載宴罷的賓客歸去。廣場周圍仍有幾位警察，但已經解除警戒了。有位客人挨到警察身邊低低地問了幾句，然後回來說道：「逮捕的人不多，只有八個。聽說明天要轉到鮑爾街，應該就是平常那群人。佩特納拉當然在這兒了，還有史帝芬和他的黨羽。唉，真不知他們幾時才肯罷休？」

「你的住處離這兒不遠，是嗎？」有個低沉的女音在史鐸夫爵士耳邊問道。「我可以順路送你回去。」

「不了，我可以走回去，只有十來分鐘的路。」

「真的不麻煩，」澤柯斯女爵說，「我就住在聖詹姆斯飯店。」

聖詹姆斯是一間新飯店。

「謝謝你的好意。」

等在面前的是一輛大型的豪華轎車，司機打開門，史鐸夫跟著女爵坐入車內，女爵將史鐸夫的地址告訴司機後，車子就開動了。
「原來你知道我住在哪兒啊？」他說。
「怎麼會不知道？」
這句讓他納悶了半天。「怎麼會不知道？」
「也對，」他說，「你知道的事可真不少，對吧？我還沒謝謝你把護照寄還給我呢。」
「但願沒給你惹來什麼麻煩。假如你把它燒掉的話，會更省事。我想，你一定申請補發了吧？」
「沒錯。」
「你的斗篷，我已叫人今天晚上放回你的櫃子底層了。我想你不會想再買一件新的，而且也不太可能再找到類似的斗篷了。」
「這件斗篷現在對我更具意義了，因為它歷經了一些……冒險。」史鐸夫爵士表示，然後又加上一句：「而且也完成了任務。」
汽車在夜色中穿行。
澤柯斯女爵表示：「是啊，那斗篷的確完成了任務，所以我才能活到現在……」
史鐸夫沒再接話。他覺得對方在等他發問，逼問她之前做了什麼？到底逃過了哪些厄運？她希望他表現出好奇心，可是他就偏不。史鐸夫聽見女爵輕聲笑著，不過他竟然覺得那笑聲十分愉悅，一點都不尷尬、僵硬。

「今晚你過得還愉快吧？」她問。

「晚宴很成功，不過梅莉的宴會一向辦得很好。」

「這麼說你們很熟囉？」

「她結婚前在紐約我們就認識了，她是個小一號的維納斯。」

她有些驚訝地望著他說。

「你是這樣形容她的呀？」

「其實不是我，是一位長輩對我說的。」

「就是嘛，聽起來很不現代，不過，形容得真貼切，只是……」

「只是什麼？」

「維納斯很懂得誘惑人，不是嗎？好像也很有野心？」

「你認為梅莉很有野心嗎？」

「嗯，是的，比今晚在場的任何人都更具有野心。」

「你認為作為美國駐英大使的夫人，並不能滿足她的野心？」

「噢，早得很呢，」女爵說，「當大使夫人只是開端而已！」

史鐸夫沒答腔，只是望著車窗外。他想開口，卻又將話吞回去。史鐸夫注意到女爵很快瞄了他一眼，不過她也沒說話。一直等到車子開到橫跨泰晤士河的橋上時，史鐸夫才開口。

「原來你並不打算送我回家，也不想回聖詹姆斯飯店？我們正跨越泰晤士河，我們曾在那裡見過一次面。你打算帶我去哪兒？」

「你在乎嗎？」

「在乎啊。」

「嗯，看得出來。」

「你倒是很跟得上流行，這年頭流行綁架。你在綁架我。為什麼？」

「和上次一樣，因為我需要你幫忙。」她補充說，「還有其他人也需要你。」

「是嗎？」

「你不喜歡這個理由嗎？」

「我比較喜歡受到邀請。」

「假如我送上請帖，你會來嗎？」

「也許會，也許不會。」

「對不起。」

「你只是嘴上說說而已。」

車子在靜寂的夜幕中默默前進，他們開在大馬路上，而不是荒僻的鄉間。沿途偶爾會看到映在燈下的招牌路標，所以史鐸夫很清楚他們去向何方。他們經過薩里郡，再經過薩塞克斯郡的住宅區。有時史鐸夫會覺得他們是在迂迴繞路，但他無法確定這點。他差點想問女爵，車子這樣繞行是不是因為怕有人從倫敦跟蹤。不過他鐵了心保持沉默，讓她去說話，由她來提供資訊。史鐸夫發現，儘管他多知道了一些她的事，這女子仍是一團高深莫測的謎。

在倫敦宴罷後乘坐租來的豪華轎車至鄉間，這必然是預先安排好的，絕無疑問。史鐸夫覺得，不久應該就會到達目的地了吧，除非車子一路殺到海邊，但那也不無可能。他看到路標上寫著海斯米爾，車子繞過戈德敏外圍，此地景致十分素雅明麗，是有錢人居住的郊區地段，樹林秀翠，住家也都非常漂亮。他們又轉了幾個彎，車子終於慢了下來，他們好像到了。史鐸夫看到大門以及門邊的白色小屋，車道邊是修剪齊整的石楠。車子繞過彎口，來到一棟房子前。

「都鐸式風格。」史鐸夫低聲自語。

女爵轉過頭來看著他。

「說說而已，」史鐸夫表示，「別在意。我們已經到了你的目的地了嗎？」

「你似乎不太喜歡這房子的外觀？」

「四周環境維護得很好，」史鐸夫順著車燈四下探看。「這種住家維護起來所費不貲，以前住起來應該很舒服吧。」

「舒適有餘但美觀不足。屋主大概寧取舒適而不求美觀吧！」

「也許是故意的，」史鐸夫說，「因為從某個角度來看，屋主也欣賞美的事物，欣賞某種類型的美。」

他們在明亮的前廊停車，史鐸夫爵士先下車，並伸手去扶女伴。司機跑上階梯去按門鈴，當他們拾級而上時，司機問女爵說：「您今晚不會再用到我了吧，小姐？」

「不會了，你回去吧，明早我們再打電話給你。」

「晚安。晚安，先生。」

屋內傳來腳步聲，門開了，史鐸夫以為會看到一位管家，未料竟是一位身材高大的女僕。

她滿頭灰髮，雙唇緊緊抿著，給人可靠幹練的感覺，現在很難找到這種人了。

「我們遲了一點。」蕊妮塔說。

「主人在圖書室裡，他請你們一到便立刻去見他。」

09 戈德敏的古屋

女僕帶領二人走上寬大的樓梯，史鐸夫心想，這的確是棟非常舒適的房子。詹姆士時期的壁紙；難看但踏上去十分好走的木雕階梯；牆上的畫都是一時之選，但並無獨特風格。這是一戶有錢人家，而且頗具品味……保守的品味。地上還鋪著厚厚、深紫花色的地毯。

上了樓後，壯如粗漢的女僕打開第一道門，閃到旁邊讓他們進去，但並未通報客人姓名。女爵率先進去，史鐸夫跟在後頭，他聽見門在他身後靜靜地關上了。

房裡共有四個人，一名臉色蠟黃的胖男人坐在一張大桌子後面，桌上擺滿了紙張文件和一兩張攤開的地圖，看來他們似乎正在討論。史鐸夫相信自己見過這名男子，卻一時想不起對方姓名，他是在一次非正式但十分重要的場合中見過他。他認識他，他一定認識的，可是為什麼就是想不起那名字？

坐在桌後的男子略顯吃力地掙扎起身，蕊妮塔伸手扶了他一把。

「哦，你們總算到了，」他說，「太好了！」

「我來為你們介紹一下，不過我想你們已經認識了，這是史鐸夫爵士，這位是魯賓遜先生。」

對了嘛。史鐸夫的腦子像照相機一樣喀喳閃過另一個名字：派克韋。其實史鐸夫並不算「認識」魯賓遜先生，他只知道魯賓遜願意表露的那部分。大家都知道他叫魯賓遜，但魯賓遜這名字有可能是從外國名字演變來的，只是沒人去多想罷了。史鐸夫還認出他的長相——高凸的額頭、狡獪的黑眼睛、一張大嘴，以及那亮得嚇人的白牙——應該是假牙吧，令人想起小紅帽裡野狼婆婆那口吃人的利牙。

史鐸夫當然也知道魯賓遜先生代表什麼；一言足以蔽之，那就是「錢」。看到他就想到「錢」，國際金融、私人財務、銀行業務，一般人想像不到的金融業務。你絕看不出他是有錢人，但他的確十分富有，只是這並不重要。他是個金融撮合高手，出身銀行世家。從室內的陳設來看，他的品味雖然樸實，事實上卻不然。魯賓遜先生的生活方式有一定程度的優渥，甚至一點點的奢華，但也僅止於此而已。原來這件神祕事件的背後，隱藏著金錢遊戲！

「前兩天才聽人提起你，」魯賓遜先生握著他的手說，「聽我們共同的朋友，派克韋上校提的。」

這就對了，史鐸夫心想，他想起上次見到魯賓遜時派克韋上校也在場。霍沙姆也提過魯賓遜先生。這麼說來，這件事牽涉到瑪麗安（或澤柯斯女爵？）；一個坐在煙霧繚繞的辦公室中，半閉著眼睛，將睡未睡的派克韋上校；黃臉的臃腫魯賓遜，以及金錢利益。史鐸夫的眼光瞄到在場的另外三個人身上，想知道自己是否認識他們，並猜出他們在此事中的角色。

至少有兩件事是不用猜的。坐在壁爐邊高背椅中的瘦小男子，是全英國響噹噹的人物，他近年來雖然很少現身，但依然威名不減，據說他是因健康問題，出入不便，而鮮少露面。他就是亞特曼爵爺。亞特曼面容瘦削憔悴，鼻骨高挺，一頭濃厚的灰髮服貼地梳向腦後，一對大耳稍嫌招風，眼神銳利卻不逼人。此刻他緊盯著史鐸夫，史鐸夫走上前去時，爵爺伸出手說：「請恕我無法起身，」亞特曼用細弱蒼老的聲音輕輕說道，「我的背不方便。你剛從馬來亞回來，對吧，史鐸夫爵士？」

「是的。」

「走這一趟值得嗎？我想你一定會說不值得，你也許是對的。但我們就是需要一些這樣的事，來妝點我們的外交謊言，為之增色。很高興今晚你能來……或說是被帶來。一定是瑪麗安使的手段吧？」

原來爵爺是這麼喊她的，史鐸夫心想，霍沙姆也用這個名稱，看來她跟他們一定是一夥的。那麼亞特曼爵爺又是挺誰的？他是支持英國的，他至死都會支持英國，他本身就代表英國，也了解英國，而且史鐸夫相信他對每位英國重要內外交官員都瞭若指掌，即使他不曾和他們說過話。

亞特曼爵爺說：「這位是我們的同事，克里柯爵士。」

史鐸夫並不認識這個人，也不曾聽說過。看他一副坐立不安、眼神閃爍狐疑的樣子，煞似一隻伺機而動的獵犬，只待主人使個眼色。

但誰是他的主人呢？是亞特曼，或是魯賓遜？

史鐸夫的眼神轉到第四個人身上，他原來坐在門邊，現在已站起來了。濃密的小鬍子，凸出的眉骨，機靈卻低調。

「原來是你呀！」史鐸夫爵士說，「近來好嗎，霍沙姆？」

「很高興再見到你，史鐸夫爵士。」

史鐸夫掃視在場的各人，各個都頗有來頭。

眾人在離壁爐和亞特曼爵爺不遠的地方，為女爵擺了張椅子。她伸出一隻手——史鐸夫注意到是左手——老人用雙手握了約一兩分鐘，才放下來說：「害你冒險了，孩子，讓你冒太多險了。」

她看著爵爺。

「還不都是您教我的。這是生活的唯一方式。」

亞特曼爵爺轉頭看著史鐸夫爵士。

「我可沒教你怎麼挑人哪，你是天生的眼光獨到。」他看著史鐸夫說，「我認識你嬸婆，或是曾伯母？」

「瑪蒂達嬸婆。」史鐸夫馬上說。

「沒錯，就是她，她有九十歲了吧？」爵爺接著說，「我不常見到她，一年大概就一兩次。可是每次見面都令我訝異，她那若不禁風的身軀竟能蘊藏如此活躍的生命力。」

克里柯爵士表示：「要不要我幫你倒杯酒，史鐸夫？你想喝什麼？」

「琴酒。」

蕊妮塔微微搖頭表示不想喝。

克里柯幫史鐸夫把酒端回來後，放到魯賓遜旁邊的桌上。史鐸夫並不想先開口，桌子後的魯賓遜眼睛閃著晶光。

「有什麼問題嗎？」他問。

「太多了，」史鐸夫說，「不過我想先由你們解釋我再發問，這樣比較好。」

「你覺得這樣比較好嗎？」

「這樣事情比較好辦。」

「好吧，我們先從幾件事說起。你可能是受邀而來，或說被人挾持過來的，若是後者的話，你大概有點不高興吧。」

「他告訴我說，他一向寧可被邀請。」女爵說。

「當然了。」魯賓遜先生表示。

「我是被綁架來的，」史鐸夫說，「很時髦的做法，是現代人的一種手段。」他語帶幽默地說。

「你一定很奇怪我們為什麼要這樣做。」魯賓遜說。

「我只有三個字要問：為什麼？」

「沒錯。為什麼？這話問得很乾脆。我們是一個私人的委員會，旨在調查世界的重大事件。」

「聽起來很有意思。」史鐸夫爵士說。

「不只很有意思，而且深入問題，效率奇高。今晚在這個房間裡，有來自四種生活背景的人士。」亞特曼爵爺說，「我們代表不同的部門，我個人雖已退休，不再實際參政，但還是當權者的顧問，並受邀主持這次調查，查明今年出現的弊端。有些事確實在暗中進行。這位克里柯是我的心腹，也是本會的發言人。克里柯，麻煩你跟史鐸夫解釋一下大致情形。」

史鐸夫覺得這位副手渾身一震……終於輪到我上場說話了！他坐在椅子上，身體向前微傾。

「世上若有事要發生，我們得先探究其原因。表面跡象雖然顯而易見，但主席先生，」他對爵爺恭敬地點點頭。「魯賓遜先生及霍沙姆先生，並不認為那很重要。事情的道理向來都一樣，以自然界為例，瀑布可用作水力發電、瀝青中發現的鈾能產生超乎人類夢想的巨大核能。煤及礦物的開採帶來了運輸及能量。有些運行不斷的力量能給我們帶來特定事物，但在所有這些力量的背後，都有某些人在操控。我們得找出誰在控制這些逐漸掌握每個歐洲國家，乃至於亞洲國家的勢力。非洲或許較不嚴重，但北美及南美也一樣。我們得深入現象內部，找出促使這些現象發生的動機，其中一項就是『金錢』。」

克里柯對魯賓遜先生點點頭。

「魯賓遜先生是金融專家。」

「其實道理很簡單，」魯賓遜先生表示，「現在有幾個重大的運動正在進行，其背後必定有錢在資助。我們得查出錢的出處、誰在操作、從何處取得、匯到何處，又為了什麼。克里柯說得沒錯，錢的事我非常懂，但別人懂的未必比我少。而且還形成一種所謂的潮流，現在這個詞用得極廣！潮流或趨勢……這兩個詞使用得非常浮濫。它們的意義其實不太一樣，但彼此緊密相關。叛亂就是一種趨勢，回溯歷史，你會發現叛亂一而再再而三的出現，形成了一種週期性的重複模式，像是叛亂的欲念、叛亂的方法以及叛亂的形式。叛亂不會獨獨發生在一個國家，某一國家有暴亂，其他國家多少也會受影響。爵爺，您的意思就是這樣，對吧？」克里柯轉身請教亞特曼爵爺說，「您告訴我的應該就是這意思吧。」

「沒錯，你表達得很清楚，克里柯。」

「這是一種模式，一種會興起且似乎無可避免的模式，看到時便能識別出來。有段期間，十字軍運動的狂潮漫捲整個歐洲，人人爭先恐後地朝聖地湧去，這看來是個人的決定，但他們為什麼要去？歷史的趣味就在這裡，可以探查其欲望與行為模式的成因，而且答案往往不是純物質的追求。任何事都能引起暴亂，對自由的嚮往、爭取言論自由、宗教自由，這也是一連串緊密相關的模式。這股熱望使人向海外移民，建立新的宗教，雖然新宗教往往和他們所揚棄的宗教一樣霸道。但你若能仔細檢驗，就會明白所有肇始了這一切的模式……我又使用『模式』這個詞語了。從某種角度來說，模式好比傳染病一樣，病菌是會蔓延的，越過高山大海而拓及全世界。雖然看不見，卻自成力量。事情會發生，或許有其理念。再進一步探討，還有『人』的因素，一個人、十個人、數百個人，可以把理念付諸行動。所以我們不能光看結果，而應探討那個始作俑者。看到表象的模式了，卻還是更進一步去分析，直搗核心，直見背後的願景和夢想。先知喬爾曾說：『老年人夢到夢想，年輕人則見到願景。』夢想不具破壞力，但願景可以為人們開啟一片新的世界，也能毀滅既存的世界……」

克里柯突然轉身對亞特曼說：「上回您跟我說過柏林大使館某女子的事，不知會不會與現在說的離題？」

「噢，那個呀！嗯，我當時覺得很有意思。沒錯，那件事與我們現在討論的有關。有一位我們派駐德國的外交工作人員，他妻子是位聰明且受過良好教育的女士。這事大約發生在一九三九年德國發動侵略戰爭之前。這位女士很好奇為什麼人們會瘋狂地迷上希特勒，便跑去聽他的演說。回來時表示：『那真是不可思議，要不是我親眼看見，絕對不會相信。德文我當然懂得不多，但我仍然受到感染，跟著他的演講走。我現在明白人們為什麼會那樣了，他的想法實在太精采了，燃動你整個人，你會覺得事情非照他說的那樣不可，只要跟隨他，便能締造新的世界。噢，我實在解釋得很不得要領，我要盡可能把記得的都寫下來，你看了之後，就會比較明白了。

「我跟她說寫下來好啊。第二天，她又跑來找我了，她說：『不知你信不信，我開始要將希特勒說過的話寫下來時，才驚訝地發現……根本沒有什麼好寫的。我好像連半句激勵人心的話都記不起來。我寫了一點，可是跟我當初想寫的意思都不一樣，它們只是些了無意義的話而已。我實在搞不懂。』

「你看到其中的危險了吧？人們雖不記得聽到什麼，卻確實受到了煽動。世上有某些人很能煽動人們的激情，並倡言對生活的願景。他們不一定使用言語，也不一定是傳揚他們的理念，而是藉由其他東西。只有極少數的人才擁有這種打天下、創造願景的魅力。這種吸引力或者來自他們的說話方式，或者來自他們的肉體，總之我並不清楚，但那魅力的確是存在的。

「這種人很有力量。偉大的宗教導師就擁有這種力量，邪惡的獨裁者亦然，可以使在場的幾萬人如癡如醉，聲淚俱下。信念可以藉特定的運動和理想來創造，讓人們相信自己做了某些事，便能創造新的天地，人們會相信這信念，為之付出、抗爭，甚至死而後已。」他沉聲說道，「南非的政治家金．斯馬茨將軍說：『領導工作可以是偉大的創造力，也可以是邪惡的。』」

史鐸夫深為所動。

「我懂你的意思。你的話很有意思，也很可能是真的。」

「但你覺得我在誇大其辭，對吧？」

「我有嗎？」史鐸夫說，「很多聽似誇張的事，其實都是真的，只是因為你從未見過或仔細想過而已。因此當你碰到時，除了接受外，別無選擇。對了，我想問個簡單的問題，面對這些事時，我們該怎麼辦？」

「如果你相信這類事情確實在進行，那麼就必須查個究竟。」亞特曼爵爺說，「就像張伯倫說的：動手去找。找出資金的來源、理念的出處以及幕後操作的黑手。背後必然有一位首腦在指揮一切。我們目前就是在設法查明這一切，所以需要你來幫我們。」

史鐸夫生平很少被嚇到，此前就算遇到過什麼，也總能掩飾得不露痕跡，但這次就困難了。他掃視在場的每一個人，先是臉色蠟黃露出一嘴白牙的魯賓遜，然後是語氣略顯傲慢但十分忠心的克里柯爵士。史鐸夫覺得他像主人的忠狗。史鐸夫再看看亞特曼爵爺，他的頭罩在椅背中，加上室內燈光昏黃，看起來活像教堂裡的聖像及十四世紀偉大的苦行僧。他過去確實也曾經輝煌過，這點史鐸夫倒不懷疑，但他畢竟老了，因此只好仰賴克里柯爵士。史鐸夫看著那位冷靜而謎樣般的蕊妮塔或瑪麗安或黛妮·西垛芳小姐，她臉上完全不動聲色，人家甚至沒正眼瞧他哩。史鐸夫的眼光最後落在安全局的霍沙姆身上。

他發現霍沙姆竟然咧嘴衝著他笑。

「拜託，」史鐸夫把所有正式的外交辭令全拋諸腦後，像個十八歲的青年學生，直率地說道：「我跟這件事有什麼關係？我又知道什麼了？坦白講，我自己的工作表現並不突出。外交部的人對我評價並不高，一向都不高。」

「我們知道。」亞特曼爵爺說。

這回換克里柯咧嘴笑了。

「這樣也許反倒好哩。」他說，然後又對朝著他皺眉的亞特曼爵爺說，「對不起啊，爵爺。」

「這只是一個調查委員會，」魯賓遜說，「與你過去的表現無關，與別人對你的看法更無瓜葛。我們只想集合一些人來調查一些事，目前我們人手並不多。我們要求你加入，是因為我們認為你的某些特質對調查工作有幫助。」

史鐸夫掉頭問霍沙姆。

「你呢，霍沙姆？我不相信你會同意這個餿主意。」

「為什麼不同意？」霍沙姆答道。

「天啊，我到底有哪些『特質』被你們相中？坦白講，連我自己都不太相信。」

「你不迷信權威，」霍沙姆說，「這就是最主要的。你常能看穿謊言和欺騙，不會以世俗的價值來評判他人，而有自己的一套看法。」

史鐸夫突然想到「玩世不恭」這句話，沒想到自己竟因此獲選擔任這份困難而刺激的工作。

「我得先警告你們，」他說，「我有個很糟糕的毛病，這毛病已害我丟掉不少升遷的機會了。大家都知道我玩世不恭慣了，不適合擔任這種重要工作。」

「信不信由你，」霍沙姆說，「他們會要你，就是為了這個特質。爵爺，我說得沒錯吧？」他看著亞特曼說。

亞特曼爵爺表示：「告訴你吧，擔任公職最要不得的就是過於一板一眼。我們覺得你不會這樣，」他說，「瑪麗安認為是如此。」

史鐸夫轉過頭，嘿！她又變成瑪麗安，不再是女爵啦？

「我能問問你究竟是誰嗎？你真的是位女爵嗎？」史鐸夫問。

「當然是了。我父親是貴族，也是優秀的運動家，他在巴伐利亞有座很浪漫但已經荒廢的城堡，那城堡如今還在。也因為如此，我與歐洲許多重視門第的傲慢人士還有聯繫。在他們眼裡，一個窮困潦倒的女爵，遠勝過一名口袋滿滿的美國富豪。」

「那麼黛妮．西垛芳又是誰？」

「我護照上用的名字，我母親是希臘人。」

「瑪麗安呢？」

史鐸夫第一次在她臉上看到了笑容。她看看亞特曼爵爺，又看看魯賓遜。

「也許是因為我天生的勞碌命，東奔西跑、四處探查、從一個國家將東西送到另一個國家，所有雜事無一不包，所以才有這種女僕的名字吧。」她又看看亞特曼爵爺說，「我說的對嗎，尼德叔叔？」

「很對很對，親愛的，你永遠是我們可愛的瑪麗安。」

「上次你在機場就是負責轉運東西嗎？我是說，把某樣重要東西從一國帶到另一國？」

「是的，大家都知道我帶了什麼。若非剛巧碰上你，若非你喝了那杯放了迷藥的啤酒，並借我斗篷偽裝，我很可能發生意外，現在也就不會在這裡了。」

「你帶了什麼東西？或許我不該問，我也永遠不可能知道。」

「很多事情是你永遠不會知道的，也有很多事是你不該問的。你這個問題我應該可以回答，不過我得先徵求允許。」

她請求地看看亞特曼爵爺。

「我相信你的判斷，」亞特曼表示，「告訴他吧！」

「告訴他內情吧。」克里柯也說。

霍沙姆則說：「你應該知道，我不能告訴你是因為職責之故。瑪麗安，你說吧。」

「只有一句話：我身上帶著某人的出生證明。就這樣，我不會再多說了，你多問也沒有用。」

史鐸夫環顧室內所有人。

「好吧，我加入，很榮幸得到各位的邀請。接下來我們要做什麼？」

蕊妮塔說道：「你和我明天一起離開，到歐陸去。你也許在報上看過或聽過，德國巴伐利亞有個音樂節。這是近兩年才流行起來的東西，音樂節的德文名稱非常聳動，意為『青年歌唱同仁』，由幾個不同國家政府贊助。此次與拜羅伊的傳統音樂節及表演內容迥異，大部分都是現代作品，許多青年作曲家藉此演出他們的新作。有些人對此評價極高，有些人則極盡批評輕蔑之能事。」

史鐸夫說：「有，我看過這消息，我們要去參加嗎？」

「我們已經訂了兩場表演的座位了。」

「這個音樂節對我們的調查工作有特別意義嗎？」

「沒有，」蕊妮塔說，「這只是掩護我們出入的工具而已，表面上我們是參加音樂節，實際上是去另一個地方進行下一步工作。」

他望望四周諸君。

「有沒有人可以指點一下？幫我做一下簡報或給點指示？」

「我們不會跟你多說。這是一趟探險之旅，你會慢慢發掘出一些真相。所有資料就是你現在所知道的。你以一個愛樂者，一名失意官場又夢想有一席之地的外交家身分過去，除此之外，我們不會對你多說了，這樣對你比較安全。」

「目前就這些活動嗎？在德國、巴伐利亞、奧地利、提洛爾？」

「這只是其中一個我們感興趣的活動而已。」

「還不只一個啊？」

「沒錯，而且還不是最重要的一個哩。全球還有好幾個點，各具重要性和令人感興趣之處。我們要去探查的，就是這些活動的分量。」

「你們打算告訴我其他幾個核心活動的情形嗎？」

「只能大略跟你說一點。我們認為其中最重要的一個總部設在南美，還有兩個總部設在美國：一在加州，一在巴爾的摩。另外還有一個在瑞典，一個在義大利。過去六個月，他們特別活躍，葡萄牙和西班牙也設立較小的中心，巴黎當然也不例外。還有一些據點正在『醞釀當中』，不過還未完全成形。」

「你是指馬來亞半島或越南嗎？」

「不，不，那些都是過去式了。這次的活動結合了暴力、憤怒的學生及其他許多事項。」

「你必須了解一點，他們鼓動各地青年紛紛組織起來反對現有的政府、傳統的習俗，乃至於自小學習的宗教。他們蓄意的姑息縱容，並鼓吹暴力。他們並非用暴力來爭取財富，而是為暴力而暴力，他們特別強調暴力，我們覺得背後的原因是最重要也最具意義的一環。」

「那麼『姑息縱容』呢，重要嗎？」

「姑息只是一種生活方式而已，姑息會造成某種程度的濫用，但不致釀成大禍。」

「毒品呢？」

「他們也刻意助長毒品的歪風，販毒為他們賺進大筆金錢，可是我們認為，這股歪風並不純粹只是為了錢而已。」

魯賓遜先生緩緩搖著頭，大家的視線全都集中到他身上。

「沒錯。」他說，「表面上看起來是為了錢，有人因此而被捕被審，販毒者受到跟監，但毒品交易的幕後還有更多內情。交易只是一種手段，一種賺錢的惡劣手段，然而背後還有隱情。」

「可是誰會……」史鐸夫問。

「史鐸夫爵士，你的任務就是要弄清何人、何時、何地以及何種原因。」魯賓遜說，「你和瑪麗安得攜手合作，這件事很不容易，但請記住，保守我們的祕密才是世上最困難的事。」

史鐸夫饒有興致地看著魯賓遜那張胖胖的黃臉，也許這位仁兄能悠遊金融世界，祕訣就在這裡……因為他能保密。魯賓遜咧嘴一笑，再度露出閃亮的大牙。

「假如你知道某件事，常會忍不住爆料，讓人知道你曉得。倒不是你想提供資訊，而是因為想展現自己的重要性。沒錯，理由就這麼單純。」魯賓遜半闔著眼說，「世界上的事本來就非常非常單純，偏偏人們不了解這一點。」

女爵站起身，史鐸夫也跟著站起來。

「希望各位能睡個好覺，」魯賓遜先生說，「我這棟房子，應該還算舒適吧。」

史鐸夫低聲表示同意，沒多久他就證明魯賓遜所言不假了。史鐸夫頭一沾枕，便立即沉入了夢鄉。

第二部

西格里德之旅

Passenger to Frankfurt

10 城堡裡的女王

他們走出青年音樂節的劇院，夜晚的空氣清新舒爽，下邊坡地有間燈火通明的餐廳，山坡另一側還有一處小一點的餐廳。兩間餐廳價錢略有不同，但都不貴。蕊妮塔穿著素黑的天鵝絨禮服，史鐸夫則打著白領帶，配上全套禮服。

「今晚的觀眾非常特別啊，」史鐸夫低聲對他的女伴說，「票價那麼貴，竟然全是年輕觀眾，他們怎麼負擔得起？」

「噢，有人會幫忙……也確實有人出資。」

「你是指傑出青年獎助學金之類的嗎？」

「沒錯。」

兩人向山坡一側的餐廳走去。

「他們給你一個小時的用餐時間，對吧？」

「理論上一小時，實際上是一小時又十五分鐘。」

史鐸夫爵士說：「那批觀眾大部分都是樂迷嗎？」

「沒錯，大部分都是，這點很重要。」

「你的所謂『重要』是什麼意思？」

「那種由衷的熱切，就像天平的兩端。」

「你到底想說什麼呀？」

「那些實施並組織暴力的人，一定是熱中暴力、需要暴力、渴望暴力的。他們在破壞、傷害及搗毀的過程中，獲得至高的狂喜。音樂也有異曲同工之妙，耳朵一定得欣賞每個樂符的和諧和美，這些都是裝不來的。」

「你可以兩者兼備嗎？你是說你可以既熱愛暴力，又崇尚音樂或藝術嗎？」

「我想這並不容易，但確實是可以的。很多人就做得到。如果他們能分清楚，別搞在一起的話，會比較安全。」

「像我們的朋友魯賓遜先生說的，最好讓事情單純一點，是吧？讓音樂的歸音樂，暴力的歸暴力，你是這意思嗎？」

「是啊。」

「我過得非常愉快，我們在此地的兩晚音樂會，實在太有意思了。當然我並不是喜歡所有的音樂，也許我的品味還不夠現代吧。不過我發覺他們的衣著倒是挺有趣的。」

「你是指舞台服裝嗎？」

「不，我是指觀眾的服裝。你和我的穿著都很保守古板，你穿著社交禮服，我則是燕尾服加白領結，實在很不俐落。其他人呢，絲綢啦、天鵝絨啦，男人的襯衫還打了皺褶，而且有好幾層——長毛絨、髮型，以及前衛的打扮，很像伊莉莎白時代或范戴克畫中的景象。」

「是啊，你說得沒錯。」

「但我完全參不透這其中的玄機，什麼也沒弄懂，半點發現也沒有。」

「你千萬別不耐煩，這是一個來頭不小的演出。由青年歌唱同仁組織支助、協辦，很可能有人在幕後大力支持……」

「誰？」

「還不知道，我們會查出來的。」

「多虧你那麼有信心。」

他們走進餐廳坐下，食物十分可口，但稱不上奢華。席間有一兩回跟熟人或朋友寒暄，兩位人士認出史鐸夫來，並表示十分驚喜，而認識蕊妮塔的人就更多了，因為她結識不少外國人——一群衣著講究的女士，一兩名德籍或奧籍男子，還有一兩位美國人。大家只是應酬幾句，從哪兒來呀，要去哪裡，或對音樂節目品評一番。由於幕間休息吃飯的時間並不長，因此大家都很言簡意賅。

他們回座位聆聽最後的兩段作品：一首是年輕作曲家索科諾夫的交響詩〈喜樂的瓦解〉；

另一首是莊嚴的〈工人歌星進行曲〉。

音樂會結束後，二人再次走進夜色中。伺候他們的車子早已等在外頭，將他們接回村中的高級小旅館。史鐸夫向蕊妮塔道晚安時，她低聲對他說：「凌晨四點，準備行動。」

然後就徑自回房間，關上門了。史鐸夫也返回自己房間。

次日凌晨三點五十七分，史鐸夫的門上傳來輕輕的抓觸聲，他打開門，已做好準備。

「車子在等了。」她說，「走吧。」

§

他們在山間一家小飯館吃午飯。天氣晴好，山色宜人。偶爾史鐸夫會自問，他究竟跑來這裡做什麼，他對眼前的女伴愈來愈不了解了，她絕少說話。史鐸夫看著她的側面，納悶她將把他帶往何處？真正的理由又是什麼呢？等太陽幾乎西沉時，史鐸夫終於開口問道：「我們要去哪兒？我能問嗎？」

「你當然能問。」

「可是你不打算回答，是嗎？」

「我可以回答，也可以告訴你一些事，但那有什麼意義呢？如果我不向你解釋我們要去哪裡，等一到那裡後，你的直覺印象會更強烈，也更有意義。」

他若有所思地再度打量著她。蕊妮塔穿了一件鑲著毛邊、在國外訂製的旅行套裝，看來非常漂亮。

「瑪麗安……」他緩緩說。

語氣裡有著詢問。

「不對，」她說，「現在我不是瑪麗安。」

「噢，原來你還是女爵呀。」

「此刻我還是女爵的身分。」

「這邊算是你的地盤嗎？」

「多少吧。我小時候在這裡長大，每年秋天我們都會到離這兒不遠的城堡住一陣子。」

史鐸夫笑了，他說：「城堡嗎？聽起來真浪漫。」

「現在城堡都岌岌可危了，大部分都已崩毀。」

「這是希特勒的領地，是嗎？我們離貝斯加登[3]不遠吧？」

「貝斯加登在東北邊。」

「你的親戚朋友接受希特勒嗎？他們相信他嗎？也許我不該問這類問題。」

「他們痛恨希特勒和他的主張，可是還是得跟著喊：『萬歲，希特勒！』他們默許國家中發生的一切，要不還能怎麼辦？那種年代，誰又能怎樣？」

「我們要去多洛米蒂山[4]，對吧？」

「去哪裡有那麼重要嗎？」

「這是一趟探險之旅，對吧？」

「沒錯，但不是地理上的探險。我們是要去見一個人。」

「你讓我覺得……」史鐸夫抬頭看那聳入雲端的高山。「覺得我們好像要去拜訪山大王似的。」

「你是指對部屬下藥，好讓他們全心全意為他賣命的回教暗殺集團首腦嗎？那些隨眾明知在暗殺別人後，自己也難逃一死，卻又相信此舉能使他們榮升充滿了美女與喜樂的天堂，永享歡樂。」她停了一下，然後說：「歷代都有以妖言蠱惑眾人的人，他們令你崇拜信任，你隨時準備為他們赴死。豈止是回教徒而已，基督徒不也是如此嗎？」

「就像神聖的教徒亞特曼爵爺？」

「怎麼會扯到他？」

「那天晚上見到他時，我突然覺得他像一個刻在十三世紀教堂裡的聖徒像。」

「我們其中一人也許會殉難，甚至更多。」

3 貝斯加登（Berchtesgaden），德國城市，因希特勒的別墅「鷹巢」而聞名。

4 多洛米蒂山（Dolomites），位於德義交界山區。

她堵住史鐸夫想說的話，繼續接著說道：「我有時會想到一件事，新約全書裡的一段，好像是〈路加福音〉吧。耶穌在最後的晚餐中對他的追隨者說：『你們是我的夥伴和朋友，可是你們當中有一個是惡魔。』我們之中也有一個惡魔。」

「你覺得可能嗎？」

「幾乎可以肯定，有個我們熟悉且信任的人，這人的良心被金錢的欲望泯滅了，夢想自己握有大筆的財富。」

「是因為貪財嗎？」

「說是野心更為恰當。可是要如何揪出這個惡魔？如何知道惡魔是哪一個？惡魔會脫穎而出，會去煽動，會推銷自己，會領導群眾。」

她沉默片刻，然後若有所思地說：「我在外交部有個朋友，她曾告訴一名德國婦女說自己看了受難劇之後，有多麼感動。沒想到那位德國婦人竟啐道：『你懂什麼！我們德國人不需要耶穌基督，我們有希特勒與我們同在。他比任何耶穌、聖者都要偉大。』她其實是位善良平凡的婦女，但竟然會這樣覺得！大部分人也都如此！希特勒就是一個極具煽動力的人，人們聽信他的妖言，從而接納施虐、毒氣室和蓋世太保的嚴刑拷打等不人道的行徑。」蕊妮塔聳聳肩，回復正常語調說：「真奇怪，你剛才竟會說出那樣的話。」

「什麼話？」

「山大王啊，暗殺集團的首腦。」

「你是說，這裡真的有這麼一號人物嗎？」

「不，山大王倒沒有，女王倒是有一個。」

「女王！她長什麼樣子？」

「今晚你就能見到她了。」

「我們今晚有什麼活動？」

「我們要去社交。」蕊妮塔說。

「你好像不當瑪麗安很久了。」

「我看你得等到我們再次搭乘飛機，才能那樣喊我。」

「我想一個人在山上待久了，對心理大概不太健康吧。」史鐸夫沉思道。

「你是指社交上嗎？」

「不，我指的是地理上。你若住在山頂的城堡，俯瞰腳底下的紅塵，久而久之就會鄙視芸芸眾生，不是嗎？因為你高高在上，超凡脫俗。這就是希特勒在貝斯加登山上的感覺，許多人喜歡爬山，大概也是為了這種睥睨眾生的感受吧。」

「今晚你得小心些，」蕊妮塔警告他說，「情形不會太好對付。」

「有什麼需要指示的嗎？」

「你要扮成一名憤世嫉俗、不滿現狀、離經叛道的人，充滿反骨精神，但又不敢張揚。你做得到嗎？」

「我可以盡力而為。」

四周的景色愈來愈荒涼了，車子沿路蜿蜒而上，經過幾個山間的村落，有時下望遠眺，可以看見映在河面的燈光及若隱若現的教堂尖塔。

「我們到底要去哪兒，瑪麗安？」

「去老鷹的巢穴裡。」

山路又轉了個大彎，他們穿越一片森林，史鐸夫偶爾能瞥見鹿群或其他動物的身影，偶爾也會看到一兩個身著皮衣的持槍男子，那大概是林裡的守衛吧。他們終於看到一座矗立在峭岩上的大城堡，城堡部分已經損毀，但大都經過修復重建了。城堡雖然氣勢恢宏，卻並不特出，且了無新意，只是一個曾經崇隆輝煌如今卻已繁華落盡的代表。

「這裡原是里參托茲大公國的領地，城堡是路維格大公爵在一七九〇年建造的。」蕊妮塔說。

「現在是誰住？現任大公爵嗎？」

「不，他們早已灰飛煙滅了。」

「那麼是誰住在這兒？」

「某位現代權貴。」蕊妮塔說。

「很有錢嗎？」

「是的，而且是極其有錢。」

「該不會是偷搭飛機，早我們一步到的魯賓遜先生吧？」

「我向你保證，在這兒最不可能見到的人就是他。」

「可惜，」史鐸夫說，「我還挺喜歡他呢！他的確是個人物。不過，他到底是誰？是哪一國人？」

「我想大概沒人知道，每個人的說法都不一樣。有人說他是土耳其人，也有人說他是美國人或荷蘭人，有人則說他母親是俄國貴族，父親是印度王公。沒人知道哪種說法正確。有個人告訴我，他的母親是蘇格蘭的麥克萊倫女士，我看那還比較有可能。」

車子開到巨大的門廊下，兩名穿制服的男僕匆匆奔下階梯，無比恭敬地行禮迎接貴客，僕人幫他們取下大堆行李。史鐸夫一開始還很納悶，他們幹嘛叫他帶那麼多行李；現在他才明白有時還真用得上。今晚不就派上用場了嘛。

晚餐鑼響，兩人先會合，史鐸夫在大廳駐足，等瑪麗安前來，再一起下樓。她今晚穿了一襲華麗的晚禮服，身披酒紅色的天鵝絨長袍，頸上戴著紅寶石，頭上飾著紅寶石冠。一名男僕走向前為他們帶路，男僕打開門並高聲宣布：「澤柯斯女爵，史鐸夫爵士駕到。」

「上場了！但願我們能演出成功！」史鐸夫告訴自己說。

他滿意地低頭看看襯衫上的藍寶石和鑽石飾釦，但一會兒後，卻被房中景象震懾到一時忘了呼吸。這實在遠超乎史鐸夫的預期，眼前是極盡雕琢之能事的洛可可風大廳，椅子沙發無一不精巧，幔帳皆以上等的織錦和天鵝絨製成。牆上的畫作一時間雖無法全然認出，但喜愛畫作的史鐸夫一眼認出一幅塞尚、一件馬蒂斯和雷諾瓦的作品，這些都是價值連城的名作。

在一張貴如帝王般的碩大椅子上，坐了一名胖大的女人。史鐸夫只能用「鯨魚」來形容她。這女人肥碩粗俗，整個人像泡在油堆裡，下巴層層疊疊，身軀擠在緊硬的橘紅緞子中，頭戴貴重的珠寶冠飾，搭在椅臂上的手有如豬蹄，粗肥而毫無線條可言的手指上，隻隻戴著巨大戒指，而每個戒指上，都是一大粒貨真價實、各具姿色的寶石，有紅寶石、翡翠、藍寶石、鑽石、史鐸夫叫不出名的淡綠色寶石、綠玉髓、黃玉或黃鑽。史鐸夫覺得這個女人實在太慘不忍睹了，她全身浮油，一張臉像發透了的白麵包，兩個眼睛則像大麵包裡的兩小粒黑莓。但那眼神卻十分精悍，她細細打量著史鐸夫，卻沒去看蕊妮塔。她知道蕊妮塔會來，是她要蕊妮塔帶他來的。她正盯著史鐸夫看、打量他、評估他。他是她要的人嗎？史鐸夫覺得這麼說比較恰當……他是不是顧客訂的那款貨？

史鐸夫心想，我得弄清她到底想要什麼，我得盡力而為才行，否則……他可以想像對方胖手一拍，對孔武有力的男僕喝道：「來人呀！把他帶走，丟到競技場去！」天哪，這是什麼時代，他怎麼會有這種可笑的想法？問題是，史鐸夫實在沒把握自己在扮演什麼角色。

「你很準時啊，孩子。」

她的聲音沙啞乾澀，史鐸夫原本覺得會是那種威嚴有力甚至悅耳的女低音，可是現在這番想像已然破滅。蕊妮塔走上前，微微彎身行禮，並抬起那隻胖手，屈膝親吻了一下。

「讓我為您介紹史鐸夫爵士。請晉見夏洛特女公爵。」

胖手朝他伸來，史鐸夫趨前親吻。接著夫人的話令他嚇了一跳。

「我認識你嬸婆。」她說。

史鐸夫聽了呆若木雞，他發現夏洛特夫人笑了，她一定預期到自己會有這種反應，因此得意地笑了，那笑聲沙啞得近乎刺耳，滿難聽的。

「也許我該說，我以前認識她。我們有好幾十年沒見了，當年我們一起在瑞士念書，她叫瑪蒂達是吧？」

「我回去後，一定會把這個好消息帶給她。」史鐸夫表示。

「她比我大一點。她身體還好嗎？」

「以她的年紀來說，算是很硬朗。她目前住在鄉下，有風溼痛和關節炎。」

「啊，這都是老年人的毛病，她應該叫醫生幫她注射一些普魯卡因，效果不錯。她知道你來見我嗎？」

「應該不知道吧。」史鐸夫說，「她只知道我來參加青年音樂節。」

「我希望你還喜歡這次的演出。」

「哦，非常喜歡，那個歌劇院相當不錯。」

「是世界上最好的幾座之一，和拜羅伊音樂節的音樂廳比起來，簡直像小學禮堂。你知道建那一座音樂廳要花多少錢嗎？」

她講了一串天文數字，聽得史鐸夫目瞪口呆，不過他沒有必要隱藏自己的驚訝，因為夫人十分得意看到她製造出來的效果。她說：「只要有錢，知道怎麼用，又懂得識貨，世上還有錢辦不到的事嗎？金錢可以為你帶來最好的事物。」

說最後這幾個字時，她那種志得意滿及輕蔑的神情，令人十分厭惡，同時也感覺得到她的凶殘。

「看得出來。」他說著望望四周。

「你喜歡藝術嗎？嗯，我看你很喜歡。那邊東牆上掛的，是塞尚最好的一幅作品。有人說——我忘了那幅畫叫什麼名字了，就是在紐約大都會博物館的那幅——那幅作品更好，那根本是胡說八道。馬蒂斯、塞尚及所有派別最棒的作品全在這兒，在我私人的畫廊裡。」

「的確很棒。」史鐸夫爵士說，「真的沒話說。」

飲料送了上來，史鐸夫卻發現這位山后什麼都不喝，大概是怕血壓受刺激而升高吧。

「你在哪兒認識這個男孩的？」山后問。

這是陷阱嗎？史鐸夫不知道，但他心意已定。

「在倫敦的美國大使館遇到的。」

「哦，對，我聽說了。嗯……我忘了那個南方佳麗叫什麼來著？噢，是了，梅莉。梅莉還好嗎？她很迷人，對吧？」

「可說是風情萬種呢，在倫敦社交界很受歡迎。」

「那個可憐的美國大使柯曼，他還好嗎？」

「我相信他過得很好。」史鐸夫客氣地答道。

夫人咯咯笑道：「啊哈，你倒是圓滑！他應該做得不錯，他只會按表操課，好政客就該這樣，而且在倫敦當大使是件滿愉快的事。梅莉很能幫他打點，只要她願意，她可以讓柯曼派駐到世界上任何使館，她口袋裡多的是錢。梅莉的父親擁有半數的德州油田，還有無數土地和金礦。這老頭長得又粗又醜，沒想到女兒竟出落得這麼標致貴氣，而且不囂張，不恃錢而驕，她真的是非常聰明，對吧？」

「真正有錢就不難辦到。」史鐸夫說。

「你呢？難道你沒錢？」

「但願我有。」

「外交部的薪水現在沒那麼高了嗎？」

「我倒不會那麼說……畢竟我們還是可以到世界各地結識各種有趣的人、可以開拓見識，並了解世事。」

「一部分的世事，但不是每一件。」

「那也太難了吧。」

「你有沒有想要……怎麼說呢，想要探索生命背後的真相？」

「每個人多少都會想過。」他故意裝出模稜兩可的語氣。

「聽說有時你的想法很不同於流俗和傳統，看樣子有幾分是真的。」

「長久以來，我被視為家族裡的敗家子。」史鐸夫笑著說。
夏洛特夫人笑道：「你倒是很勇於承認事實啊。」
「何必作假呢？人們總是能看穿你在隱藏什麼。」
她看著史鐸夫。
「年輕人，你想從生命中獲取什麼？」
史鐸夫聳聳肩，現在他只能憑直覺反應了。
「什麼都不想。」他說。
「噢，得了吧，你以為我會相信嗎？」
「你當然要相信，我看起來像是很有野心的人嗎？」
「不像。」
「我只希望活得開心自在，衣食無虞，好友相繞就行了。」
夏洛特向前傾著身體，眨了幾下眼睛，然後以一種迥異而近似哨聲的嗓音說：「你會恨嗎？你有憎恨的能力嗎？」
「憎恨只是在浪費時間而已。」
「嗯，我看得出來，你確實沒有絲毫的不滿，但我也覺得，你已經準備踏上一條能帶你到某個地方的道路，而且還樂於奔赴，只要你能找到指點迷津、幫助你的人，也許能達到自己的目標，如果你夠積極的話。」

「這點倒是每個人都會。」他對夏洛特輕輕搖頭道，「你太會看人了，看得人無所遁形。」

僕人開門宣布：「晚餐已備妥，請入席。」

餐宴的過程十分正式，在在顯示皇家般的氣派。房間彼端的大門另一邊，是間燈火輝煌的飯廳，天花板上有壁畫、浮雕及三組巨大的水晶吊燈。兩位中年婦人走上前來，分別站到夫人左右，她們身著晚禮服，一頭灰髮細細地盤在頭上，並各戴一枚鑽石胸針。史鐸夫心想，她們應該是訓練有素的護士，專門照料女公爵的健康、起居等一些貼身事務。她們先對女公爵行禮，然後伸手扶住坐在椅上的女主人，二人熟練地一使勁，輕鬆地讓夫人由坐而立。

「我們現在用餐去吧！」夏洛特夫人說。

在兩名女僕的協助下，夏洛特領頭進入餐廳。站著的夫人看起來更像一堆顫動不止的果醬，但依然令人望而生畏，你不覺得她只是一名普通的胖女人。夫人氣度不凡，她很清楚這點，也刻意營造這種感覺。史鐸夫和蕊妮塔跟在三人的後面。

他們穿過飯廳門廊，那裡感覺其實更像一個宴會廳。廊柱後邊有一隊穿著制服的警衛，清一色是英俊挺拔的年輕人。夏洛特經過時，便唰地一聲整齊拔劍，在頭頂上交叉成一道拱門。夏洛特停住步，推開護士的攙扶，獨力走過那道拱門，在長桌盡頭一張鑲著金色織錦的大圓椅上落座。史鐸夫心想，這個儀式頗像海軍或陸軍的結婚典禮，尤其是像陸軍，只可惜缺了一位新郎。

幾名年輕人身材都十分健碩，應該都不到三十歲，而且長得很俊美。這些人不苟言笑，嚴峻異常，史鐸夫覺得他們一副忠心耿耿的模樣，看起來更像一場宗教儀式，而不是婚禮。僕從們出現了，像二次大戰前德國城堡裡的老式僕從，看起來很像在演出一幕精心製作的歷史劇。只是坐在桌首君臨一切的不是皇后或女皇，而是一名醜胖到無以復加的老女人罷了。她到底是誰？在這兒幹嘛？又是為了什麼？為什麼要有這些排場跟警衛？其他人也陸續入座，他們照例先向高踞在上的女王敬禮，然後就座。這些人穿著一般的晚禮服，彼此間不做介紹。

史鐸夫以多年來的閱人經驗，看出這些人分幾種類型。有幾位也許是會計師或金融家，有一兩位是穿便服的軍官。他們大概都是這個府邸裡的人員，對主人還保有封建時代的門客禮儀。

食物端上來了。一盤滿是肉凍的巨大豬頭、鹿肉、冰涼開味的檸檬蛋糕，還有一大落堆堆疊疊、令人垂涎三尺的糕點。

胖女人狼吞虎嚥地盡情吃著。突然外邊響起一個聲音，像是跑車喧囂的引擎聲，接著車子像一道白光掠過窗口。室內的衛士們高聲喊道：「萬歲！萬歲！弗朗茲！」

年輕的守衛們以熟練的步伐移動位置，眾人紛紛起立，只有女王昂著頭，四平八穩地坐在位置上。史鐸夫心想，又有好戲看了。

其他客人或其他職員很快地離席了，令史鐸夫想到那些鑽回縫隙裡的蜥蜴。金髮的衛士們排成新隊形，拔劍向女主人致敬，她點頭示意，眾人回劍入鞘，然後自房門行進而出。夏洛特看著他們走後，才看看蕊妮塔，再把眼光移向史鐸夫。

「覺得他們怎麼樣？」她說，「我的孩子，我年輕的勇士，是的，他們真是我的孩子。你能形容一下他們嗎？」

「應該可以，」史鐸夫表示，「他們可以稱得上英姿煥發，夫人。」他以對皇族說話的語氣說道。

「啊！」她點頭微微一笑，臉上登時皺得跟包子一樣，活像隻又老又醜的鱷魚。

史鐸夫心想，這女人也太可怕了吧，可怕到令人匪夷所思。怎麼會有這種事？他實在很難相信，這該不會又是另一齣精心製作的舞台劇吧？

門又開了，年輕的衛士們再度邁步入內。這次他們不揮劍了，而是唱著歌，歌聲純美得不可思議。

聽了多年嘈雜的流行音樂後，史鐸夫聽到這歌聲時，有種不可言喻的舒暢。這不是粗啞的叫喊，而是受過行家訓練的，鬆柔且絕不走音。這些新世代的英雄口中高唱的是古舊的音樂，而且還是他聽過的曲子。史鐸夫覺得房間上頭的走廊裡一定躲了一團管弦樂隊，他們唱的是一連串華格納音樂的組曲。

「精銳衛隊」再次排成兩行，準備恭迎某人。這次來的不是他們的女主人，因為夫人也坐在位子上靜靜等著她的來賓。

貴賓終於現身了，音樂也隨之改變，是史鐸夫熟到不能再熟的西格里德的主題。號角響徹雲霄，年輕的西格里德仗著他的年輕和成就，君臨他所征服的世界。

穿過門廊和列隊而來的，是史鐸夫畢生所見最俊美的青年。金黃的頭髮，湛藍的眼睛，完美的勻稱身材，就像是魔棒造出來的，恍若來自神話世界，氣勢軒昂、優雅英挺，又自信高傲。

青年大踏步越過衛隊，來到山堆似的胖女人面前，單膝而跪，畢恭畢敬地抬起女王的手親吻著。然後站起來，斜舉著手臂，高喊史鐸夫剛才聽過的口號：「萬歲！」他的德文說得不是很清楚，史鐸夫覺得他似乎在喊：「偉大的母親萬歲！」

接著那俊美的少年英雄將眼光轉向在座的客人，他認出蕊妮塔了，但似乎不特別開心。看見史鐸夫時，則顯然十分欣賞而感興趣。小心哪！史鐸夫告誡自己，要小心哪！他得演好自己的角色。現在該他上場了，問題是，他到底得演什麼角色？他和蕊妮塔來這裡到底是要做什麼？他們為什麼要來？

小英雄開口了。

「哦！我們有貴賓呢！」接著露出那種自認全世界他最厲害的傲慢笑容說：「歡迎二位大駕光臨！」

此時城堡某處傳來鐘響，聽來肅穆而嚴整，極像修道院裡的集合鐘聲。

「我們該休息了，」老夏洛特說，「去休息了吧，明早十一點再見。」

她看著蕊妮塔和史鐸夫說：「有人會帶你們到房間。願你們一夜好眠！」太后老佛爺要叫人解散啦。

史鐸夫驚訝地看見蕊妮塔手臂高舉，行了個法西斯式的禮，但並不是對女主人，而是對金髮英雄，而且聽到她說：「萬歲，弗朗茲！」史鐸夫也有樣學樣地跟著喊：「萬歲！」

夏洛特對他們說：「明天一大早去樹林中騎馬好嗎？」

「我很喜歡騎馬。」史鐸夫說。

「你呢，孩子？」

「當然願意。」

「很好，我會叫人安排，二位晚安。很高興你們能來這裡。弗朗茲，來，把手給我，我們去另一間大廳，還有好多事要討論，明天你一早就得走了。」

僕人們領著二人來到各自的套房，史鐸夫在走廊上遲疑了一會兒，他們該不該討論一下？不過他否定了這個念頭，隔牆有耳，還是小心一點，說不定每個房間都裝了竊聽器。

他遲早會有機會問的，他隱隱有種不祥的感覺，覺得自己被誘入某種陷阱裡，但那會是什麼？又是誰在主使？

臥室十分美觀，但予人壓迫感。到處都是綢緞和天鵝絨，有些還是散發著幽香的古董。史鐸夫心想，不知蕊妮塔以前是否常來這裡作客。

11 俊男與美女

翌日早晨，史鐸夫在樓下的小飯廳用過早餐後，看見蕊妮塔正在等他。馬已備好了。兩人都帶了騎馬裝，看來他們似乎都事先想好了。

兩人並駕騎出城堡。蕊妮塔說起馬夫：「他問我們要不要他陪伴，我說不用了，附近的路我都熟得很。」

「哦，你以前來過嗎？」

「近年已經不常來了。小時候這裡就像我家一樣。」

史鐸夫看著她，但她並沒有回看他。由於蕊妮塔騎在他身旁，史鐸夫只能看著她的側面——瘦挺的鼻子，纖細的頸子和昂揚的頭。而且他還看得出蕊妮塔的騎術不錯。

今早他依然有股不祥的感覺，也不確定是什麼原因……

他回想起法蘭克福機場的那一幕，這女人跑到他身邊、桌上的啤酒……那一切都不該發生的，是他自己要冒的險。可是為什麼過去這麼久了，現在他才開始感到不安呢？

他們讓馬兒小跑越過樹林，這是一片美麗的莊園，不時可看到遠處野獸的身影。喜歡運動的人，必然覺得這裡是人間天堂，也是老年人歡度餘生的所在。天堂裡會有什麼，有蛇吧？史鐸夫拉了一下轠繩，馬兒慢下來緩步而行。現在只剩他們兩個人了……沒有竊聽器，沒有隔牆的耳朵，他應該可以問話了。

「她是誰？」他急急地問，「是做什麼的？」

「這問題很好回答，容易到令人難以置信。」

「所以呢？」他說。

「舉凡油礦、銅礦、南非的金礦、瑞典的兵工廠、北方的鈾礦、核武研發等，她無一不包。」

「我怎麼從未聽說過這號人物，我不知道她的名字，不知道……」

「她不想讓外人知道。」

「這種事怎麼可能保得了密？」

「很簡單哪，如果你富有到像她那樣，錢可以做一種宣傳，也可以用來隱身。」

「但她到底是誰？」

「她祖父是美國人，好像是鐵路大王吧，也許是芝加哥的鐵路大亨。這都是歷史了，後來他娶了一個德國老婆，你可能聽說過，叫貝林達。她擁有兵工廠和造船廠，控制了大半個歐洲的重要工業。她是她父親的繼承人。」

「這兩名世界首富，留給她鉅額的財富和超人的權力，你說的是這意思嗎？」

「是的，她不只是繼承而已，而且還很會賺錢。她繼承了經營的頭腦，本身就是位傑出的金融家，做什麼賺什麼，而且還把難以計數的財富拿來再投資。她聽取各方建議，聽取別人的判斷，不過最後總能做出自己的決定，而且一舉成功。她的財富已多到難以計數了，錢是能滾錢的。」

「是的，我明白，財富過剩就得以增值。但是，她到底想要什麼？她手上握有什麼？」

「你自己剛剛才說過的：權力。」

「她住在這裡嗎？還是……」

「她也去美國和瑞典，她會去其他一些地方，但不頻繁就是了。她還是寧可待在這裡，就像坐鎮在蛛網中心掌控所有線索的蜘蛛一樣，可以遙控所有金融及其他線索。」

「你指的其他線索是……」

「藝術方面。音樂、美術、作家、人類，尤其是年輕人。」

「是啊，誰都可以看得出來。那些畫作，多好的收藏啊！」

「城堡樓上的畫廊裡還有許多，林布蘭、喬托和拉斐爾，還有成箱精心打造的珠寶，其中一些是世界上最珍奇的精品。」

「這些全都屬於這個醜陋的老女人。她滿足了嗎？」

「還沒有，不過快要找到滿足的方法了。」

「她要用什麼方法？她想要什麼？」

「她喜歡年輕人，操縱他們使她獲得無上的快感。現在世界各地充斥著造反的青年，他們都受到資助。她還提贊助並控制現代哲學、現代思潮，還有現代作家和其他人。」

「可是她如何能……」史鐸夫說不下去了。

「我無法告訴你，因為我也不知道。這是一個巨大的網絡，她隱藏在幕後，贊助各種奇奇怪怪的慈善機構、慈善家和理想主義者，設立各種名目的獎金提供學生、藝術家和作家。」

「你說這還沒……」

「還沒完成。這些計畫是要掀起大動亂的，創造出一個眾人信仰的新天堂與新世界。千百年來，所有的領袖都會對他們的追隨者做出這樣的保證，宗教領袖、彌賽亞、取經回來的佛陀、政治家，統統做過這樣的許諾。就像暗殺組織的首腦對隨眾保證，他們可以輕易進入天堂一樣。」

「她也經營毒品嗎？」

「是的，可是當然沒有確鑿的證據。毒品只是她控制手下的一種方式，也是毀滅他人的一種手法，尤其是那些軟弱無用的人。她自己從來不吸毒，她是很強悍的。但毒品很輕易就能毀掉那些軟弱的人。」

「武力呢？他們有軍隊嗎？總不可能只靠嘴巴宣傳吧？」

「當然不能只靠宣傳，那只是第一步，宣傳的背後是軍備的籌組，將武器送至被剝削的國家，坦克槍枝及核武源源不斷地輸入非洲、南海及南美洲。南美洲還成立了許多訓練營，將年輕男女調教成訓練有素的軍人。大量的武器傾銷，化學戰的製劑……」

「簡直是一場噩夢！你怎麼知道這一切，蕊妮塔？」

「一部分是我聽來或從收到的資料上看來的，還有一部分是因為我也參與其中。」

「你？你和她？」

「所有偉大或龐大的計畫，都有弱點和缺陷。」她突然笑起來。「從前夏洛特愛上我的祖父，很傻的一個故事，我祖父住在離此地不遠的城堡裡。」

「他很傑出嗎？」

「才沒有，他只是長得帥又擅長運動罷了，女人很容易迷上他。因此，夏洛特便以我的保護人自居，而我也是她的眾多信徒或奴隸之一。我為她工作，幫她物色人選，為她到世界各地傳達命令。」

「是嗎？」

「你這話什麼意思？」

「我懷疑你的話。」史鐸夫說。

他確實很懷疑。史鐸夫看著蕊妮塔，再次想起機場的那一幕。他幫蕊妮塔工作，他和她一起合作。她帶他來此地，是誰叫她帶自己來的？是盤據在蛛網中的老夏洛特嗎？他是外交圈公認的異議份子，也許對這些人還有點用處，但用處其實小得可憐。史鐸夫突然想起一個大哉問，蕊妮塔真正的身分是什麼？我在法蘭克福機場陪著她冒險，可是我賭對了，結果成功了，並且我還全身而退。但她究竟是什麼人？是做什麼的？我並不知道，也無法確定。當今之世，誰對誰都沒把握，任何人都一樣。也許她是受命來請君入甕的，因此法蘭克福的事根本就是預先安排好的。她摸清了我愛冒險的脾氣，而且經過這次事件後，我便會信任她。

「讓馬兒再開始跑吧，」她說，「我們已經走很久了。」

「我還沒問你，你在這裡面扮演的地位是什麼？」

「我只是受命於人而已。」

「受命於誰？」

「反對者。反對者一向存在，有些人會質疑現有的情勢，懷疑世界的改變趨勢，懷疑金錢、財富、武器、理想或文字力量的走向，他們認為這種情勢不該發生。」

「你和他們是同道？」

「我自認為是。」

「這話什麼意思，蕊妮塔？」

她重申一遍：「我自認為是。」

史鐸夫問：「昨晚那個年輕人……」

「弗朗茲嗎？」

「那是他的名字嗎？」
「大家都這樣喊他。」
「他還有別的名字，是嗎？」
「你覺得是這樣嗎？」
「他就是……年輕的西格里德吧！」
「你看他像嗎？你知道他是誰，又代表什麼嗎？」
「應該知道。他代表年輕，年輕的英雄，亞利安族[5]青年在這裡，除了亞利安人，還能有別的嗎？有的人依然認為亞利安人優於其他種族，他們一定是亞利安人的子孫。」
「是啊，自希特勒以降，這種想法就沒斷過。我說過，南美就是一個據點，祕魯及南非亦然。」
「這位年輕的西格里德背負著什麼樣的重任？除了長得帥，會親女主人的手外，他還能做什麼？」
「哦，他是一位很傑出的演說家。只要他開口，他的隨眾就會為他赴湯蹈火。」
「真的嗎？」
「他相信如此。」
「你呢？」
「我也許會相信，」她補充說，「好的演說效果是很驚人的，激越的聲調和煽動性的言詞能激起駭人的波瀾。言詞本身未必具有說服力，但演說的方式卻可以。他的聲音亮如洪鐘，聽到他演說的女人又哭又叫，還會昏倒……你會見識到的。

「昨晚你看到夏洛特的衛隊全穿著盛裝——現在的人都重衣裝。全世界都有這種精心打扮的人，只是各地風貌不同罷了，有的留著長髮和鬍子，女孩則穿著白色睡衣，空談著和平與美，當他們毀掉了舊有的世界，這世界就屬於年輕人了。以前的年輕人所嚮往的跟現在他們所規畫的國度很不一樣，以前他們只想要閃亮的沙灘、耀目的陽光、笙歌逐浪……

「而現在我們要的是無政府狀態、從事破壞。只有無政府狀態，才能讓那些幕後操作的人得利，那實在很可怕，但他們卻覺得十分美妙……因為充滿了暴力，而且帶來痛苦和磨難。」

「你覺得目前的世界就是這樣嗎？」

「有時是這樣。」

「那麼我接下來該做些什麼？」

「跟著指引走，我就是你的指引。就像但丁跟著維吉爾一樣，我也將帶引你下地獄，讓你見識一些殘酷的納粹黨軍的場面，讓你看看他們如何崇拜殘酷、痛苦與暴力。而且我會讓

5 希特勒認為亞利安人是世界最優等的種族。

你看到和平美麗的天堂之夢。你將分不清何為地獄、何為天堂，你必須自己去決定。」

「我能信任你嗎，蕊妮塔？」

「那得靠你自己選擇，你可以轉頭離開我，也可以跟著我去看看新世界，那個正在建構中的新世界。」

「都是虛幻的。」史鐸夫罵道。

蕊妮塔好奇地看著他。

「就像愛麗絲夢遊奇境一樣，裡面的紙牌、國王、王后、流氓，轉瞬間便煙消霧散。」

「你的意思是……你到底是指什麼？」

「我在指，那不是真的，只是幻象，這整場夢都是假的。」

「從某個角度來看，是沒錯。」

「這些人都穿了戲服在演戲，我快切中要害了，對吧？」

「可說對，也可以說不對……」

「有一件事我想問你，因為我老是搞不清楚。是夏洛特要你帶我去見她的對吧？為什麼？她知道我什麼？她認為我能派上什麼用場？」

「我也不清楚，也許是幕後工作吧。這倒很適合你。」

「可是她對我一無所知啊！」

「噢，這個呀！」蕊妮塔突然大笑起來。「說來真的很好笑，還不是那一套。」

「我不懂你的意思，蕊妮塔。」

「原因再簡單不過了，魯賓遜先生一定會懂。」

「你就大發慈悲，解釋一下吧。」

「還不是那一套：『重要的不是你這個人，而是你認識誰。』你的嬸婆和夏洛特以前是同學……」

「你的意思是……」

「她們是姐妹淘啊！」

史鐸夫盯著她，然後頭一仰，放聲大笑起來。

12／弄臣

他們於中午時分離開城堡，告別女主人。車子駛下蜿蜒的山道，將城堡拋在後邊。幾小時後，他們來到多洛米蒂山區一座依山而建的圓形劇場，這是各青年團開會、舉辦音樂會及聯誼的據點。

蕊妮塔將他帶到了這裡，史鐸夫坐在光禿禿的岩石上，觀賞眼前的集會，也對她今早的談話有了更深切的了解。眼前的群眾，跟紐約麥迪遜廣場上宗教領袖所召開的布道大會、世足杯大賽、攻擊大使館和警察遊行大隊等許多類似集會中的聚眾一樣，群情激昂。

蕊妮塔是帶他來體會「年輕的西格里德」這句話的含義。

弗朗茲正在對群眾發表演說，他的聲音忽高忽低，激情而煽動，底下的青年男女聽得如醉如癡，彷彿他吐出來的每個字都蘊藏著極大意義，如沐春風。他的聲音像樂團的指揮棒，牽扯著每個人的情緒。可是他到底說了些什麼啊？年輕的西格里德要傳達的是什麼福音？演講結束後，史鐸夫根本不記得任何完整的句子，但當時他確實非常感動，聽得熱血奔騰，但是聽完後，也就消失了。群眾還擁擠在講台周圍哭泣呼喊，有些女孩子激動地尖叫，有的甚至昏倒了。這是什麼世界呀？所有時間都用來煽動激情而已。紀律啦、克制啦，這些東西都不再重要了，重要的只有感覺而已。

史鐸夫心想，這樣的世界會做出什麼事來？

蕊妮塔拍拍他的手臂，兩人從人潮中擠出來。車子已等在一旁，司機將他們送到已訂好房間的山間旅館。

不久他們從旅館走出來，沿山坡上的石板路散步，最後來到一處座椅。兩人靜靜地坐了許久，然後史鐸夫開口說了：「都是虛幻的。」

他們默默看著下邊的山谷，約莫過了五分鐘，蕊妮塔才說道：「怎麼樣？」

「什麼怎麼樣？」

「對目前看到的事，有什麼感覺沒有？」

「我才不信。」史鐸夫說。

蕊妮塔嘆口氣，那嘆息深長且來得出乎意料。

「我正希望你能這樣說。」

「那些都不是真的，對吧？只是一場超大型的表演罷了，由製作人製作出來的表演……說不定是一整團的製作人員。那個胖女人是製作人的雇主，是出錢的金主。我們還沒看到製作人，只是看到演出的明星而已。」

「你對他的印象如何？」

「他也是虛幻的，」史鐸夫說，「只是個演員而已，一個一流的演員，而且經過精心指導。」

沒想到蕊妮塔竟然大笑起來，她站起身，看起來非常興奮快活，但又帶著幾分嘲諷。

「我就知道，」她說，「我就知道你會看得穿，知道你夠實在。你對你所遇到的事一向能直見本質，對吧？你可以看穿欺妄，洞悉所有事物和人的本質。

「用不著去看莎士比亞的戲，你就知道自己的角色了。每個國王或大人物都必須有個弄臣，只有弄臣才會告訴國王真話，告訴他事理，順便將那些道貌岸然的朝臣取笑一番。」

「我是這樣嗎？朝廷裡的弄臣？」

「你自己難道感覺不出來嗎？這正是我們想要也需要的。你說那是虛幻的，是精心製作的表演！說得多好啊！可是很多人就是相信這些謊言，他們無形中吸收了許多似是而非的觀念，實況卻不是他們所想的那樣。只是我們得想辦法告訴世人，這一切都是愚不可及的圈套，那就是你我的任務。」

「你認為我們最後能拆穿這一切？」

「我同意看起來的可能性很低，不過人們只要知道某些事情是假的，是被人牽著鼻子走的……」

「你打算去傳道啊？」

「當然不是，」蕊妮塔說，「誰會去聽呀，對吧？」

「應該是不會。」

「所以我們要能給他們一些證據、事實和真相。」

「我們有嗎？」

「有……我在法蘭克福隨身帶著的，就是你幫我安全送達英國的那件東西……」

「這我就不懂了。」

「時機還沒到，以後你自然會知道。目前我們還有戲要演，我們已準備好滿心渴望接受他的信念，我們崇拜青春，我們是『年輕的西格里德』的信徒。」

「你可以演得出來，我對自己可沒那種把握。我從來無法勉強自己去崇拜什麼東西；國王的弄臣也不會，弄臣是專門拆人假面具的，目前大概不會有人欣賞弄臣吧。」

「當然沒有。不行，不准你把你那一套搬出來，除非你是在談政治、外交等等其他事情，那就可以隨便你開玩笑、嘲諷、耍機智了。」

「我還是搞不懂我要在這支『十字軍』扮演什麼角色？」

「一個自古以來皆然的角色，一個人人都熟悉、賣主求榮的角色呀。你可以從中得利，過去你失意仕途，而西格里德和他所應允的新世界則能為你帶來榮華富貴，因為你將所有英國的內幕機密提供給他，以換取將來的高官厚祿。」

「你在暗示這是一個世界性的活動，那是真的嗎？」

「當然是真的。就像那些有名有姓的颱風一樣，颱風從東西南北不同方向襲來，卻不知從何而生，所到之處盡皆成災。大家就是要這個，在歐洲、亞洲和美洲製造禍害，也許還有非洲，雖然非洲的反應沒那麼熱烈，因為那邊對權力、貪汙等等還不是那麼熟練。沒錯，這是一場世界性的運動，由一群熱血青年發起的運動。這些人懂得不多，也沒什麼經驗，但他們有夢想、有活力，背後還有多如潮水的錢在撐腰。功利主義太氾濫了，所以我們得要求別的東西，而且也得到了。不過當這種吶喊建基在憎恨上時，就無法創出什麼格局。還記得一九一九年時，所有人都一心一意地以為共產主義可以拯救世界嗎？馬克思主義將為世人創造新的天堂，各種理想滿天亂飛。可是你要知道，是誰在執行那些理念？是人類啊，不然還有別的可能嗎？你大可創建第三世界，但第三世界和第一或第二世界並無分野，都是由人在經營的。既然同樣是人類在操控，管他第幾世界，手法都一樣。你只需看看歷史便能明白。」

「現在誰還去讀歷史？」

「沒有。人們寧可憧憬不可預知的未來。人們曾寄望科學能提供一切答案，將弗洛依德的性壓抑理論奉為人類苦難的解答，認為只要紓解壓抑，就不會再有人受到精神困擾了。如果當時有人說，不壓抑的話，反而會使精神病院更人滿為患，那麼一定不會有人相信他。」

史鐸夫突然打斷她說：「我很想知道一件事。」

「什麼？」

「我們下一步要去哪裡？」

「南美洲，也許會經過巴基斯坦或印度。當然還要去美國，那邊的情況非常有意思，尤其是加州……」

「加州的大學嗎？」史鐸夫嘆口氣。「大學生實在很令人厭煩，老幹同樣的事。」

他們又靜靜坐了一會兒。天色漸暗，只有遠處山峰上鑲著柔和的紅色。

史鐸夫用一種懷舊的音調低聲說道：「要是現在能來段音樂，你猜我會想聽什麼？」

「不會是華格納吧？或者你早已不聽華格納了？」

「不，你說得對，我會想聽華格納，想聽薩克斯坐在老樹下感嘆世態：『瘋了，瘋了，你們都瘋了……』」

「是的，這段非常貼切，也很好聽。不過我們可沒瘋哪，我們還是很清醒。」

「超然的清醒，」史鐸夫說，「這愈來愈難做到了。我還想知道一件事。」

「什麼？」

「也許你不會告訴我，不過我一定得知道。我們要從事的這件瘋狂冒險，是不是很有樂趣？」

「當然啦！怎麼可能沒有？」

「瘋了，瘋了，全都瘋了！可是我們竟然還能夠自得其樂。我們會有生命危險嗎，瑪麗安？」

「也許吧。」蕊妮塔說。

「好，有種！同志，我跟定你了。我們努力半天後，世界會變得更美好嗎？」

「我不認為會更美好，但至少更祥和些。此時此刻，世上充滿了太多的殘酷信念。」

「那就夠了。」史鐸夫說，「我們出發吧！」

第三部

國內國外

Passenger to Frankfurt

13 巴黎會議

巴黎某房間內坐了五名人士，這個房間曾舉行過許多歷史性會議。這次會議在很多方面雖有所不同，但同樣富有歷史意義。

主持者是葛斯尚先生。他是一個憂心忡忡的人，想要以一貫手法大打太極，可是今天似乎不太順利。維第禮先生一小時前剛從義大利搭機抵達，他的手勢相當誇張，情緒頗為激動。

「這太離譜了，」他說，「離譜到匪夷所思的地步。」

「這些暴動的學生，」葛斯尚先生說，「我們各國不都深受其苦嗎？」

「不只是學生，也不只是暴動。怎麼形容呢？就像一群蜜蜂，像百年罕見的天災一樣，嚴重程度實在超乎所有人的想像。他們遊街、擁有機關槍、而且竟然還弄到了飛機，他們計畫占領整個義大利北部，這不是瘋了是什麼！他們只是一些小孩子而已，卻擁有炸彈武器，光是米蘭的人數就超過警方。我問你，我們能怎麼辦？動用武力嗎？軍方也在造反，他們說只有無政府主義才能改善世界，還高喊第三世界的論調，怎麼會有這種事呢？」

葛斯尚先生嘆口氣說：「這是年輕人的通病，他們都信仰無政府主義。我們從阿爾及利亞事件，及所有本國及本國殖民地的問題中學到教訓了。我們能怎麼辦？出動部隊嗎？到頭來軍方反而會支持學生。」

「學生，唉，又是學生。」波索涅先生哀嘆道。

波索涅是法國政府官員，「學生」這兩個字眼從他嘴裡講出來，就像詛咒一樣。他寧可選擇流行性感冒或黑死病，也不要這些頭痛的學生運動。他有時會想，世上若沒有這些血氣方剛的學生，不知該有多好！這是他的美夢，可惜不常發生。

「至於那些地方官員，」葛斯尚先生說，「司法人員都死到哪兒去了？警察倒還都很盡忠職守，法官對這些被帶到法庭、破壞公私有財產的學生卻不肯判刑。人們很想知道法官為何不予判罪？所以最近我做了一些調查，轄區的官員給了我幾項建議，說是司法人員需要調薪了，尤其是省級的司法官，以提高他們的生活品質。」

波索涅先生說：「喂，你說這話可得小心啊！」

「小心什麼？這些早就是應該公開的事了。詐欺的事又不是沒發生過，而且是嚴重的欺騙行為，現在金錢在私底下大量流通，而我們竟然不知道這些錢是哪裡來的，不過地方官員對我說——我相信他的話——他們對金錢的去向開始有點概念了。我們在懷疑，是不是有外力意圖顛覆政府？」

「義大利的情形也一樣，」維第禮先生說，「唉，那裡也是風波不斷，我可以告訴各位我們在懷疑什麼。但問題是誰要顛覆世界？是一群工業鉅子，一群企業大亨！這種事怎麼會發生？」

「這情形一定得加以制止，」葛斯尚先生說，「得採取行動，採用武力，調集空軍來鎮壓。這些無政府主義的叛亂份子來自各個階層，應該統統消滅。」

「以前用催淚彈控制相當有效。」波索涅先生猶疑地說。

「催淚瓦斯威力不夠，」葛斯尚先生說，「這跟叫學生去剝洋蔥的效果一樣，不過流幾滴眼淚罷了。我們需要更強硬的手段。」

波索涅先生震驚地問：「你該不是建議用核武吧！」

「核武？怎麼會呢？若用核武器，法國人豈不全毀了？我們可以用核武摧毀蘇聯，但蘇聯也能用它摧毀我們。」

「你的意思是說，這些遊行示威的學生真的能顛覆政府嗎？」

「沒錯。我得到了一些警訊，他們囤積武器及各種化學製劑等其他物資。幾位傑出的科學家對我提出報告說，有人洩漏機密，所以祕密收藏的武器遭竊。我問你，你想接下來會發生什麼？」

沒想到葛斯尚先生很快就得到答案了。房門開了，葛斯尚的機要祕書一臉緊張地走向他老闆，葛斯尚不悅地看著他說：「我不是說過不准任何人打擾嗎？」

「是的，總統先生。可是這件事很緊急……」他湊到老闆耳朵旁邊說，「元帥來了，堅持要進來。」

「元帥？你是指……」

祕書點頭如搗蒜，表示事態緊急。波索涅不解地看著機要祕書。

「他堅持進來，非要硬闖不可。」

房裡另外兩人先看看葛斯尚，然後再看看焦躁不安的義大利客人。

內政部長科因先生說：「這樣會不會比較好，如果讓……」

話沒說完，門已「砰」地打開，闖進一個人來了。此人聲名顯赫，過去多年來，他說的話就是法國的王法，對在場的人士而言，此時實在極不願意見到他。

「噢，歡迎諸位。」元帥說，「我是來幫忙的，我國正處在危難之中，須立即採取行動！本人是來奉獻一己之力的，出事全部由我負責。這當然有危險，我也知道有危險，但軍人以榮譽至上，以法國的安危為重。大批的學生和剛出獄的犯人（其中一些還是殺人犯）在街頭煽動鬧事，他們高喊那些引導他們走上暴動之路的領導人名字。若不採取行動，法國的末日就要到了。各位在這邊紙上談兵是不行的，我已派出兩個兵團，並要空軍保持警戒，而且拍電報到德國，在這場動亂中，德國是我們的盟友。

「暴動一定得撲滅。暴亂會危及所有人和人民的財產。我應該身先士卒來平息暴亂，以父親的身分來勸導他們。這些學生雖然犯了錯，但他們還是我們的孩子，是法國的未來。我去跟他們講清楚，他們會聽我的。政府可以改組，課程可以按他們的意思重新安排，這些我都可以答應他們。我會以自己的名義起誓，當然我會以你們、以政府的名義說話。各位已經盡力了，但我們需要更強勢的領導，需要由我來出面。我現在就出發，我還有幾份密電要發。核武可以小規模地在人跡罕至的地點適度運用，以震懾那些鬧事者，我們也都知道這種做法並無真正危險。我已經全盤思索過了，這計畫一定能行得通。來吧！忠實的朋友，和我一起並肩作戰吧！」

「元帥，我們不能容許……你不能冒生命危險，我們必須……」

「你的話我是不會聽的，這是我該做的事。」

元帥大步邁向門口。

「我的人在外面等著，是幾位精挑細選的保鏢。我現在就去找那些學生，去點醒他們的職責所在。」

他以巨星的架式消失在門外了。

「我的天啊，他是說真的！」波索涅先生驚呼。

「他會有生命危險，」賽諾．維第禮先生說，「誰知道呢？他很勇敢，是位不折不扣的勇士，令人十分欽佩，可是他會遭遇到什麼？群眾情緒正激昂，他們會把他撕碎的。」

波索涅先生心中竊喜，也許真的會那樣，他心想，真的很有可能。

「是啊，他們很可能宰了他。」他說。

「但願不會出事。」葛斯尚小心翼翼地表示。

葛斯尚心底其實希望元帥能出事，但是又悲觀地覺得，愈是期待，就愈不會實現。他覺得情況反而會愈弄愈糟，而且根據元帥過去的紀錄看來，可能性頗大，他可能煽動大群熱血的青年學生擁護自己，聽信他的允諾，堅持讓元帥奪回權力。元帥在其政治生涯中就曾經幹過一兩次這種事，他的群眾魅力超乎許多政治家的想像。

「我們一定得制止他。」葛斯尚焦急地喊道。

「是啊，是啊，」維第禮說，「不能放他過去。」

「我很擔心，」波索涅先生說，「他在德國有太多朋友、太多人脈了，你知道德軍的行動向來迅速，他們有可能趁虛而入。」

「天啊，天啊。」葛斯尚先生焦急地摸著額頭。「我們該怎麼辦？能怎麼辦？那是什麼聲音？我好像聽到槍聲，是不是？」

「不是啦，」波索涅安慰他。「是杯盤的撞擊聲。」

熱愛戲劇的葛斯尚說道：「有句話，我不太記得了，是莎士比亞說的：『為何無人為我除去那……』」

「『除去那名擾人的教士？』」波索涅接著說，「出自《貝克特》。」

「像元帥這樣的瘋狂份子，比教士還要麻煩，至少教士不會有害……雖然羅馬教宗昨天才接見過那些學生代表，他還祝福他們，稱他們『我的孩子』。」
「那只是基督教徒的做法罷了。」科因先生將信將疑地表示。
「就算是基督徒，也會踰矩鬧事的。」葛斯尚先生說。

14 倫敦會議

唐寧街十號的內閣會議室裡，英國首相賴增比正一臉凝重地坐在桌首，望著自己的內閣。他的表情十分沉重，但這樣反而令他覺得自在，因為只有在私下的內閣會議裡，他才不必掩飾自己，無需像在公開場合一樣，時時擺出睿智樂觀的神情。

賴增比環顧在座諸君，看看眉頭深鎖的柴德文、憂心忡忡的喬治爵士、沉著冷靜的門羅上校，以及緊抿著雙唇的空軍元帥肯伍德，肯伍德擺明了不信任政客。另外還有身形偉碩的海軍上將布倫特正用手指敲著桌面，等待輪到自己發言。

「我們必須承認，局勢很不妙，」空軍元帥肯伍德說，「我們光上星期就有四架飛機被劫持到米蘭，放下人質後就飛往非洲了，他們派了飛行員等在機場，黑人飛行員。」

「是黑色政權嗎？」門羅上校凝重地問。

「或是赤色政權？」賴增比首相說，「我覺得我們的問題很多都是蘇聯惹出來的，如果

賴增比首相打斷他說：「你們別再觀察了，聯合國得親自出兵以平息動亂。」

對方依然一臉平和地說：「這有違我們的原則。」

門羅上校朗聲繼續提出結論：「現在每個地方都有戰鬥發生。東南亞要求獨立已久，南美出現了四、五個不同的政治勢力，古巴、祕魯、瓜地馬拉亦然。美國就更亂了，華盛頓鬧翻了天，西部幾乎已是青年威力軍的天下，芝加哥也已被他們控制。你們知道美國的柯曼大使吧，昨晚他在美國駐英大使館的台階上被人射殺。」

「他原本要來參加今天的會議，」賴增比首相說，「他還打算告訴我們他的看法。」

「就算他來也幫不了什麼忙，」門羅上校表示，「他是個大好人，但消息並不靈通。」

「會是誰在幕後操縱呢？」首相煩惱地說。

「當然了，有可能是蘇聯吧。」

他一臉希望自己說中的樣子，同時想像自己飛往莫斯科的情形。

門羅上校搖頭說道：「我不認為是。」

「該不會是中國吧？」

「也不會是中國，」門羅上校說，「你知道德國有大批的新納粹崛起嗎？」

「你該不會以為德國可能……」

「我不認為一定是德國人在幕後操縱，但你不覺得有此可能性嗎？是的，我想他們最有可能。他們以前也做過這種事，事先精心策畫布置，只等待一聲令下。他們實在是高明的策畫者，非常高明，高手一批，我實在不得不佩服他們。」

「可是德國看起來似乎很平靜，一點事都沒有！」

「問題就出在這裡。你知道嗎，德國的新納粹黨在南美非常活躍，他們在那裡組建了一個青年聯盟，自稱是超級亞利安人。用的還是過去那一套敬禮、卍字記號之類的符號，領導者叫『年輕的西格里德』。全是亞利安那套狗屁倒灶的玩意兒。」

敲門聲響，祕書走進來說：「歐斯坦教授到了，長官。」

「請他進來吧，」賴增比說，「只有他能告訴我們最新的武器發展，我們也許可以掌握盡速消弭這場胡鬧的辦法。」

除了扮演世界和平大使之外，賴增比還是一個無可救藥的樂觀主義者。

「我們可以用新的祕密武器解決一切。」空軍元帥充滿希望地說。

歐斯坦教授被公認是英國最傑出的科學家，但外表上你絕對看不出來。他身形瘦小，留著老式山羊鬍，而且咳嗽不斷，一副畏頭縮腦的樣子。引介給眾人時，他鼻子哼哼嗯嗯地發出響聲，然後又是一陣猛咳，握起手來怯怯懦懦。其實在座大部分人士他都已經認識，他緊張地向他們點頭示意，然後坐下，木然地看著眾人。教授抬起手放到嘴邊，開始啃起指甲。

「幾位政府要員都到了。」喬治爵士溫和地對他說道，「我們很想聽聽你的高見，看能怎麼做。」

「噢，」教授說，「怎麼做啊？對了，怎麼做……」

室內一陣沉默。

「世局很快地在向無政府狀態推進。」喬治爵士說。

「看起來好像是這樣，對吧？至少我在報上看到的是這樣。但我不信，真的，記者最會瞎編了，他們的話根本不足為憑。」

「我知道你近來又有一些重大發現了對吧，教授？」賴增比鼓勵他說。

「噢，是的，我們是有一些……有一些發現。」教授精神一振。「我們做了很多可怕的化學武器，就看諸位想要什麼了，有細菌製劑、生物汙染、藉瓦斯系統排放毒氣、空氣汙染、在供水系統中下毒。如果你們想要的話，我們可以在三天內殺掉英國半數人口。」他搓搓手。「你們要的是這些嗎？」

「不，天啊，當然不是。」賴增比慌忙說。

「是啊，我指的也就是這個，問題不在於缺乏致命性的武器，我們的武器太多了，每樣殺傷力都十分強大。問題在於如何讓人們活命，甚至包括我們自己，對吧？尤其是身居要津的人，例如我們。」他咯咯咯笑了幾聲。

「那並不是我們想要的。」首相堅持道。

「問題不在於你想要什麼，而在於我們擁有什麼。我們擁有的武器都非常致命，你若想將所有三十歲以下的人都除掉，應該可以辦到，不過許多老人也得跟著陪葬。難就難在如何將他們隔離開來，我個人是非常反對這樣做的。我們有幾位非常傑出的年輕研究人員，很嗜血，但非常優秀。」

「這世界到底哪裡出了毛病？」肯伍德元帥突然說。

「重點就在這裡，」教授說，「我們並不知道。儘管我們有所知，亦有所不知，我們無法確定自己的方位。我們對月球有初步的了解，對生物學知之甚多，能夠移植心臟和肝臟，有一天甚至能夠移植腦子，但我們完全不了解是誰在操縱今日的局面，必定有個擁有至高權力的人在背後撐腰。我們可以從犯罪圈、毒品圈等很多方面看出端倪，有少數幾個精英在幕後操縱指揮。本國和整個歐洲都看得出這個現象，但現在這股勢力拓展得更遠了，遠及地球彼端的南半球。搞不好在我們制止它之前，就已蔓延到南極圈了。」

看來教授對自己的「研判」頗為自得。

「一群心懷邪念的人……」

「嗯，也可以這麼說。邪念可以是單純的邪念，也可以是為了金錢和勢力而生，這中間很難釐清，那些可憐的走狗也不自知，只是一味的嗜血，想到暴力罷了。他們對世界不滿，討厭物質主義，憎恨世人賺錢的骯髒手法，痛斥無謂的爾虞我詐。他們不希望看見貧窮，渴望一個更好的世界。如果經過長期的深思熟慮，我們的確可以創造更美好的世界，但問題是，要除去某些東西之前，一定要先找到代替品。就像心臟的移植一樣，移掉舊的心臟，必得在原處置入另一個可以運作的心臟。而且在摘除現有的壞心臟之前，就得先將新的好心臟張羅妥當。這是自然界的法則。其實我覺得很多他們想改革的事物，最好目前還是維持原狀，不過我想沒人會聽我的，反正這也不是我的專長。」

「毒氣呢？」門羅上校建議道。

歐斯坦教授精神來了。「噢，我們有各種各樣的存貨，有些對人體無害，只有威嚇作用。反正貨色很齊全就對了。」

他笑得像個得意洋洋的五金行老闆。

「核武呢？」首相問。

「這不能亂開玩笑！你不想讓英國或歐洲布滿輻射塵吧？」

「看來你是幫不了我們了？」門羅上校說。

「除非有人能發發掘更多內情。」教授說，「很抱歉，不過我必須提醒諸位，目前我們在研發的東西大都很危險。」他又強調說：「真的非常危險。」

他緊張地看著他們，就像大人在看一群玩火柴的小孩一樣，生怕他們一個不小心把房子燒了。

「謝謝你，歐斯坦教授。」首相言不由衷地說。

教授知道自己該告退了，便對眾人笑了笑，然後速速離開房間。

賴增比沒等門關上，就開始大發牢騷。

「科學家都一個樣，從來派不上用場，弄不出個可以用的東西來。他們只會把原子分裂，然後再告訴我們不要拿核武開玩笑！」

「這樣還不是等於沒有核武。」布倫特單刀直入地說，「我們要的是一種只會殺死某些雜草的除草劑之類的實用物……」他突然停了一下。「該死！」

「怎麼啦，上將？」首相問道。

「沒事，只是忽然想到某件事，卻又想不起來……」

首相嘆口氣。

「我們還有什麼科學家要見的嗎？」柴德文不耐煩地看看錶。

「派克韋上校在這裡，」賴增比說，「有張照片或地圖之類的想要大家看一看。」

「是關於什麼的？」

「我也不知道，看上去像堆泡泡。」賴增比說。

「泡泡？什麼泡泡？」

「我也不明白。」他嘆口氣。「我們最好還是看一看吧。」

「霍沙姆也來了……」

「他有可能給我們一些新消息。」柴德文說。

派克韋上校大步走了進來，且隨身帶了一捲東西，在霍沙姆的協助下掛到簡報架上，讓在座者可以看清。

「圖的比例並不精確，只能給各位一點粗略的概念。」派克韋上校說。

「圖上是什麼？」

「一堆泡泡嗎？不會又是什麼毒氣吧？」喬治爵士喃喃說道。

「你最好開始報告吧，霍沙姆。」派克韋上校說，「概念你都了解。」

「我只知道聽來的部分。這是一個世界局勢控制圖略。」

「由誰控制？」

「一群擁有或控制能源的人……控制各種原料的人。」

「圖上的字母代表的是……」

「代表某個人或某個特殊團體，這些圈子涵蓋全球，彼此交集。

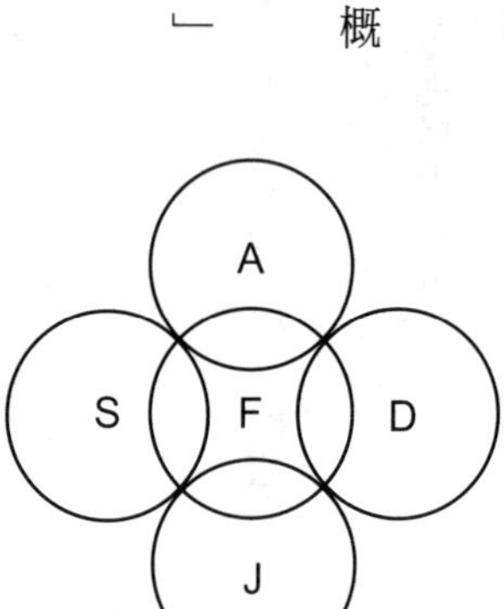

「寫著A的圈子代表武器軍械，某個人或某個團體在控制各種武器，包括炸彈、槍枝等等。世上所有武器都由他們計畫生產，表面上是運到未開發國家、落後國家和正在戰爭中的國家，但這些武器立刻又被轉運到其他地方，轉到南美洲的游擊隊、美國的黑人勢力據點以及歐洲各國。

「D代表毒品。一群毒販透過各種據點提供各種各樣的毒品，從毒性較低的到能致人於死的毒品，無所不包。他們的總部看來似乎設在地中海東部沿岸的黎凡特，經土耳其、巴基斯坦、印度和中亞擴散出去。」

「他們從中謀利嗎？」

「賺取暴利，但不僅是單純的販毒而已，其中還涉及更陰險的陰謀。他們利用毒品來控制意志不堅的年輕人，將他們變成奴隸，不給他們毒品，他們就活不下去。」

肯伍德元帥吹了聲口哨。

「好狠哪，難道我們對這些毒梟一無所知嗎？」

「當然知道一些，可是都不是核心人物，不是幕後主使。按我們目前的判斷來看，毒品總部設在中亞和黎凡特。毒品夾藏在輪胎、水泥和混凝土等各種機械和工業產品中運出來，送到世界各地。

「F代表金融，金錢！所有這些事都以錢為中心主軸，這方面的事各位得去請教魯賓遜先生。根據資料，大量金錢源於美國，巴伐利亞也有一個總部，南非也有大筆黃金和鑽石儲藏。大部分的金錢都流向南美，其中主要的一個幕後指使者，是一個極有權勢、才能的女人，這人現在已經老了，也許活不了多久，但仍然十分活躍。這位女士名叫夏洛特，父親是德國富豪。夏洛特本身是位金融奇才，在華爾街很活躍，同時在世界各地都有投資，以錢滾錢，擁有運輸業及各種工業，包羅萬象。她住在巴伐利亞山區的古堡中，從那裡遙控一切，將大量金錢輸往各地。」

「S代表科學，生化戰方面的新知。許多年輕科學家叛國離黨，我們認為他們在美國有個中心點，宣誓為無政府主義獻身。」

「為無政府主義獻身？這豈不是很矛盾嗎？怎麼會有這種事？」

「如果你還年輕，也會相信無政府主義。你會想要一個新世界，因此就必須先推翻舊有的世界，才能以新的取而代之。可是你若不清楚自己的方向，不知道自己是被誘導甚至是被逼迫的，那麼新世界將會是什麼模樣？目標達成後信徒又會有何種下場？有的人成了奴隸，有的人因恨而變得盲目，有的盲目追求暴力和殘虐，還有的——願上帝保佑他們——依然滿心的『理想』，依然跟法國大革命時代的群眾一樣，相信革命可以為人民帶來財富、和平與歡樂。」

「我們該採取什麼行動？我們能有什麼辦法？」布倫特上將問道。

「採取什麼行動？我們得盡一切所能。我相信諸位都在各盡其力，各地都有人在為我們工作，我們有情報人員、調查員，他們會去情蒐，將情報送回來——」

「最重要的是，」派克韋上校說，「首先得弄清對方身分，分清敵我，再商量對策。」

「我們稱這張圖表為『核心圖』，以下是已知的核心領袖名單，不確定的名字表示我們只知道他們的化名……或只是懷疑他們就是我們要找的核心份子。」

F　夏洛特——巴伐利亞

A　奧拉夫森——瑞典工業家、武器專家

D　迪米特斯（化名）——士麥那，毒梟

S　薩倫斯基博士——美國科羅拉多州，生化學家（尚在懷疑階段）

J　某女子，化名胡妮塔。據說頗具危險，真名不詳。

15 療養之旅

「就算是一種療養吧。」瑪蒂達夫人說。

「療養？」

唐納森醫生表情略顯困惑地說，原有的專業架式消失殆盡。瑪蒂達心想，這就是給年輕醫生看病的缺點，以前給老醫生看病就不會有這種事。

「以前我們都是這樣說的嘛，」瑪蒂達解釋道，「我年輕時，身體有不適就去做療養，到馬里昂巴德、卡爾斯巴德、巴登等地方啊。那天我在報上讀到這個新地點，剛成立，而且又非常先進，聽說非常的新穎。他們沒向我推銷，但我並不怕嘗試新的事物。我是說，所謂的新事物很可能只是舊瓶新裝而已，到頭來都一樣。水療、節食、散步、療養或各種各樣的名目，一大早就開始了。我想他們會幫你按摩吧，以前是用海藻。不過這個新地點在山裡，好像在巴伐利亞、奧地利之類的地方。所以我想是不會有海藻了，搞不好得吃蘑菇，喝礦泉水呢。我知道那邊的建築很漂亮，可是我就怕這些現代建築都不加欄杆，大理石階梯都沒有扶手。」

「我想我知道你說的那個地方，」醫生說，「報紙上廣告登得很大。」

「你知道，像我這樣年紀的人，會喜歡嘗試新東西，我覺得很有趣。你也承認去做療養是個好主意吧，唐納森醫生？」

唐納森醫生看著她。他其實沒有瑪蒂達想像的那般年輕，將近四十歲的他很願意協助病人獲得最好的治療，只要安全適合就行了。

「我相信去做療養絕對不會對你有害，」他說，「這主意也許不錯，雖然現在搭飛機快捷又輕鬆，但旅行本身還是很累人。」

「快捷是真的，輕鬆倒未必。」瑪蒂達夫人說，「要走斜坡、爬樓梯，還要搭轉機巴士，然後還要在機場間轉機等等的，不過我知道機場有提供輪椅。」

「你當然可以坐輪椅啊，這個主意實在太棒了，如果你肯答應坐輪椅，不會逞強地到處亂跑的話……」

「我知道，我知道，」他的病人打斷他說，「我知道你能夠了解，你是個通情達理的好人。人都是有尊嚴的，當你還能拄著拐杖緩步而行，就絕不會想把自己弄得像個殘障人士一樣。如果我是男的就好辦多了，」她若有所思地說，「我的意思是，我就可以和痛風患者一樣，用一堆繃帶纏在腳上，反正男性患痛風的比比皆是，大家都覺得沒什麼。有些人覺得痛風是因為酒喝太多所引起的，以前的人都是那麼認為。我才不相信哩，喝酒哪裡會造成痛風。是啊，坐輪椅，這樣我就可以飛到慕尼黑那些地方了，再由那邊的人幫忙安排車子什麼的。」

「你會帶艾美同行吧？」

「艾美呀？當然啦，沒她怎麼行。你覺得我去療養沒問題吧？」

「我覺得對你可能有很多好處。」

「你真是個好人。」

瑪蒂達夫人對他眨眨眼，這才是醫生平常熟悉的瑪蒂達。

「你覺得去新地方看看新面孔，會讓我開心對吧？沒錯。不過我還是覺得自己是去做療養的，雖然我沒什麼大毛病，對吧？我是說，除了上了年紀外，我沒什麼大病。可惜年齡這玩意兒無藥可治，人只會愈變愈老。」

「重要的是能不能玩得開心，我想你一定會的。順便說一下，如果你覺得累了，就馬上停止手中的事。」

「如果那邊的水有怪味，我還是會多喝幾杯。倒不是因為我喜歡喝或那水對我有益處，而是因為那會給我一種修行的感覺。就像我們村裡的老婦人一樣，她們總是喜歡一些顏色難看、藥味濃重、帶著刺鼻薄荷味的藥物。因為她們覺得，這比起那些平淡無奇的小藥丸或藥水有用多了。」

「你真了解人性哪。」唐納森醫生說。

「你待我很好，」瑪蒂達夫人說，「非常謝謝你。艾美！」

「是的，夫人。」

「幫我拿本地圖來好嗎？我忘了巴伐利亞周圍有哪些國家了。」

「我想想看，藏書室裡有一本，那邊一定有好幾本舊的地圖集，大概是早在二〇年代左右出的。」

「我們有沒有現代一點的地圖？」

「地圖集……」

艾美陷入沉思。

「沒有的話就去買一本，明早帶過來。現在所有地名都變了，國家也是，我連自己在哪兒都搞不清楚，真是麻煩。你得幫我弄本地圖來，再找把大的放大鏡。我幾天前在床上看書時手上還拿了一把，結果大概掉到床和牆之間了。」

雖然過了半晌後，艾美才終於把地圖、放大鏡和一本對照用的舊地圖送到她手上，瑪蒂達夫人還是非常感謝艾美的幫忙。

「沒錯，就是這裡。好像還是叫蒙布奇之類的名字，不是在提洛爾就是在巴伐利亞。看來很多地方都改了，連名字也不同了……」

§

瑪蒂達看看自己的旅館房間。裝潢得不錯，但也十分昂貴。房間既舒適又簡樸，很能讓住在裡面的人調整心態，去適應運動、節食、忍受按摩的療養生活。瑪蒂達覺得房裡的陳設很有意思，適合各種品味的人。牆上掛著一大幅歌德的手稿，她的德文已經比年輕時退步很多了，但還是知道手稿內容是在歌詠青春，不僅是年輕人能掌握未來，老年人也可以擁有二度的金色年華。

房裡有一些擺設，會讓各個階層的人去思索自己的人生目標（如果其他階層的人有閒錢到這種地方療養的話）。床頭邊擺了一本聖經，瑪蒂達在美國旅行的時候，也經常在床頭看到聖經。

她開心地拿起來隨意翻動，然後用手指著其中一段，邊讀邊點頭，並在床頭櫃上的紙箋上做了一些簡短的筆記。她平時也常如此，這是她求神問卜的方式。

「我曾年輕，如今卻垂垂老矣，但從未被正義拋棄。」

她在房裡繼續搜尋。床頭櫃底下的架子裡放著一本有關哥德族[6]的著作。這是一本極

6 哥德族是古代日耳曼族的一支，在三至五世紀時曾入侵羅馬帝國。

具價值的書，對於想熟悉幾百年間社會高層變化的人，和至今仍在觀察分析其貴族後裔的學者來說，尤其重要。這倒好，瑪蒂達心想，我就把它好好讀一讀吧。

書桌旁仿古瓷器的電爐邊，有一些現代思想家的平裝書。這幾位被長髮異服、激情的年輕信徒奉為偶像，領著眾人在街頭吶喊抗議的當代先知有馬庫色[7]、格瓦拉[8]、李維史陀[9]和法農[10]。

她若想跟年輕人談話，最好先讀一下這些人的大作。

此時門上傳來輕輕的敲門聲，門開了，老實的艾美走進來。瑪蒂達夫人忽然想到，艾美若再老個十歲，看起來簡直就跟綿羊一樣了，一隻可愛溫馴又忠心的綿羊。瑪蒂達覺得現在雖然年輕些，看起來還是像隻肥嘟嘟的小羊，頭髮鬈鬈，眼睛大大，不時發出咩咩的叫聲。

「希望你剛才睡得不錯。」

「我睡得很好呢，親愛的。你找到那東西了嗎？」

艾美一向能領會她的意思，她將東西遞上來。

「啊，我的健康食譜，讓我瞧瞧。」瑪蒂達仔細讀著，然後說：「看起來好難吃啊！這邊的水喝起來怎麼樣？」

「不大好喝。」

「我想也不會好喝。你半小時後再回來，我有封信想請你寄。」

她把早餐盤移到一邊，走到書桌旁，想了一會兒，才開始寫信。

「應該有點用吧。」她喃喃地說。

「對不起，夫人，你剛才說什麼？」

「我在寫信給老朋友，我以前跟你提過她。」

「就是那位五、六十年沒見的老朋友呀？」

瑪蒂達夫人點點頭。

「希望……」艾美歉然地說，「我是說，都經過那麼久了，現代人的記性都不好，希望她還能記得起你們之間的事。」

「她一定會的，」瑪蒂達說，「年輕時交的朋友一輩子都不會忘，他們的衣著、笑聲、優缺點及所有的一切，都會烙印在你的腦海裡。現在啊，我二十年前才認識的人，反而都記不得了。噢，她會記得我和許多學校裡的事。你幫我把信寄了，我還有功課要做哩。」

瑪蒂達拿起那本哥德族的書，回到床上認真研讀起來，說不定將來會用得上。裡面寫著一些家族的淵源和各種親屬關係，誰和誰結婚啦，誰住在哪裡，誰不幸受到侵略。

7 馬庫色（Herbert Marcuse, 1898-1979），德籍美裔哲學家。

8 格瓦拉（Che Guevara, 1928-1967），古巴革命家。

9 李維史陀（Claude Levi-Strauss, 1908-2009），法國人類學家、哲學家。

10 法農（Frantz Fanon, 1925-1961），法國思想家、革命家。

她心裡想的那位女子是不會出現在書中的，不過她跑到世界一隅，刻意住進了貴族先祖留下的古堡中，備受當地世家的尊敬和奉承。出身良好，免除了貧困，她別無所求。瑪蒂達夫人深知她一直不斷地賺錢，賺取天文數字的金錢。

瑪蒂達相信，以她公爵女兒的身分，將受到某種程度的款待。也許可以喝杯咖啡，吃片香甜的奶油蛋糕吧。

§

瑪蒂達夫人步入豪華的城堡接待廳，他們開了十五哩路上來。瑪蒂達費心打扮過，可惜艾美並不喜歡她這身穿著。艾美很少表示意見，不過一旦有意見，就會很固執。

「你不覺得這件紅衣服有點舊嗎？你看手臂下面就有兩三處明顯的補痕……」

「我知道，親愛的，我知道。這件衣服很破舊，但畢竟是名設計家的款式，舊是舊，可是以前很貴呢。我不想故意裝闊，我是貴族的破落子弟。五十歲以下的人當然會看不起我，可是這位女主人也出生於重視門第的年代，對她而言，她寧可讓那些有錢的賓客等待我這位出身無可挑剔的窮老太婆。傳統是很難捨棄的，即使到了新地方，也難以忘懷。對了，你去我的皮箱裡找一條羽毛圍巾來。」

「你要披那條圍巾啊？」

「是啊，那條鴕鳥毛的。」

「哎呀，親愛的，那條很舊了！」

「沒錯，可是我收藏得很細心，你等著瞧好了，夏洛特一定可以認出那條圍巾。她會覺得我這個出身英國最顯赫貴族的後代，竟然已經沒落到要穿收藏多年的舊衣服。我還要穿那件海豹皮大衣，雖然有點破舊，可是當時也是很棒的呢！」

打扮一番後，瑪蒂達上路了。陪在一旁的艾美盛裝打扮，但一路默然。

瑪蒂達夫人對即將到來的場面，心中已經有底了。史鐸夫說她會看到一條鯨魚，一條碩大無朋、肥胖腫脹的鯨魚，坐在一間滿是名畫的大房間裡，艱苦萬狀地從中古世紀的華麗寶座上站起來。

「瑪蒂達！」

「夏洛特！」

「啊！那麼多年了，真想不到啊！」

兩人愉快地相互寒暄，英德語兼用。瑪蒂達夫人的德語略有錯謬，夏洛特的兩種語言則都極為流暢，只是英文帶著濃重的喉音，會偶爾露點美國腔罷了。瑪蒂達心想，夏洛特長得實在也太可怕了！她想到愉快的青春歲月，可是又接著想起，夏洛特當時幾乎可說是人緣最差的女孩，沒有同學喜歡她，連她也不例外。不過還有什麼比同窗情誼更令人倍感親切？瑪蒂達不知道夏洛特以前喜不喜歡她，不過倒是明確地記得，夏洛特對她非常諂媚。也許是對她的身世背景存有幻想吧。瑪蒂達的父親雖然擁有令人豔羨的血統門第，卻是英國最潦倒的公爵之一。要不是仗著老婆有錢，只怕連家產也保不住，因此公爵對老婆唯命是從，而他老婆只要一逮到機會，必然會騎到他頭上。瑪蒂達運氣不錯，是公爵第二次婚姻生下的子嗣，她的母親是位個性善良且紅極一時的女演員，比真正公爵夫人更像公爵夫人。

兩人談著過去種種，像是當年如何戲弄學校老師，以及同學們幸與不幸的婚姻生活。瑪蒂達表示《哥德族》那本書中提到了一些聯姻及家族。

「愛莎的婚姻一定很不幸福，是嫁給派瑪家的人對吧？真的，不用說都知道會變成什麼後果，真是太不幸了！」

咖啡端上來了，十分的香氣撲鼻，而且還有一盤盤精緻的餡餅和奶油蛋糕。

「這些東西我都沒辦法吃，」瑪蒂達說，「真的不行，我的醫生好嚴格哪，千交代萬交代，要我嚴守療養的節食表，否則不准我來。不過今天是放假日，對吧？我們又回到青春年華了。我就是對這點很感興趣，我的姪孫前不久才來拜訪你，我忘了是誰帶他來的，一位女伯爵吧，哎呀，我又忘了她的名字啦。」

「蕊妮塔女爵……」

「噢，對了，就是她。應該是位迷人的小姐吧？就是她帶史鐸夫來拜訪你的，她人真好。我姪孫對你、對這邊的珍藏、你的生活方式，還有你的種種傳聞，印象都十分深刻。說你有……我不會講，說什麼你有一隊年輕漂亮的衛隊環侍在旁，對你崇拜無比。你的日子真是令人豔羨哪。我就供不起這種生活，只能乖乖待在家裡，除了有風溼病外，經濟上也很拮据，我連老家都維持得很勉強了。你也知道英國的情形，稅重得一塌糊塗。」

「我還記得你的那位姪孫，是的，他很討人喜歡。在英國外交部工作，對吧？」

「噢，對啊。可是，我覺得他很不得志，沒受到應有的賞識。雖然他不太抱怨，但覺得自己……嗯，很委屈。現在掌權的那些人叫什麼來著？」

「無產階級！」夏洛特說。

「唉，百無一用是書生哪。要在五十年前，情況就不一樣了。」瑪蒂達說，「現在他的升遷處處受阻，而且我老實告訴你，他們不信任他，懷疑他和——怎麼說呢——懷疑他和叛黨掛鉤，和革命潮流合汙。可是你得了解，擁抱先進觀點的人，才是有前途的啊。」

「你的意思是，他和執政者並不是站在同一戰線？」

「噓，這種話是不能講的，至少我不能講。」瑪蒂達說。

「我對你的話很感興趣。」夏洛特表示。

瑪蒂達嘆口氣。

「所以，他只有來找我這個老太婆訴苦了。史鐸夫一直是我最疼愛的孩子，既聰明又迷人，而且也很有抱負。他覺得未來應該有所變革，英國的政治實在是一團亂。史鐸夫對你的話及這裡的一切非常心動，我知道你對於音樂的提倡也是不遺餘力，對吧？我覺得我們現在需要一個理想而優秀的種族出來帶領大家。」

「應該要有，也會有優秀的種族出現。希特勒的想法是正確的，」夏洛特說，「他的出身並不高貴，卻頗富藝術天賦，領導才能也無庸置疑。」

「沒錯，領導才能，我們現在需要的就是這個。」

「你們英國在二次大戰時，選錯邊站了。如果我們英德兩國能連袂並肩作戰，享有共同的理念，你想想看，兩個亞利安國家聯手，今天會是什麼局面？不過那樣的觀點已經太狹隘了，現在的局勢更趨複雜，我們從共產黨及其他人身上都學到過教訓，『世界工人大團結』？那就太沒遠見了，工人只是我們的棋子而已，我們要搞的是『世界領袖大團結』。讓擁有領導天分、血統優良的年輕人團結起來。我們不能由已經缺乏應變能力、一成不變的中年人著手，必須從年輕的學生群中，尋找有熱情、有理念、勇往直前、願意拋頭顱，也敢於殺戮，且不會因此不安的人；因為他們深知，沒有侵略，沒有暴力，沒有攻擊，就不會有勝利。我得讓你看一件東西……」

她掙扎了一下，終於站起身，瑪蒂達也故意行動遲緩地跟在她後面。

「一九四〇年五月，」夏洛特說，「希特勒青年團進入第二階段時，希特勒獲准建立祕密警察，目的是消滅次等民族，以留出空間給優秀的亞利安族……祕密警察部門於焉創立。」

她低下嗓門，頓了一會兒。

瑪蒂達聽了差點沒昏倒。

「死亡令。」夏洛特說。

她蹣跚痛苦地走到房間，指著掛在牆上的死亡令，那令狀框在鍍金的架子裡，旁邊擺了一顆骷髏頭。

「你看，這是我最珍愛的東西，我將它掛在牆上，我的衛隊每次進來都得向它行禮致敬。城堡裡的檔案中有詳實的編年紀錄，有些紀錄心臟不夠強的人還念不下去，不過你得學著接受這些事。紐倫堡的審判將毒氣室、酷刑等罵得一文不值，其實這是一種偉大的傳統啊！藉由痛苦來產生力量。我的這些孩子從小就開始受訓了，絕不會因一時的軟弱而膽怯回頭，或受到良心的譴責。列寧在闡述馬克思主義時不也說嘛：『遠離婦人之仁！』這是他創建新世界的第一道守則。可是我們不能太狹隘，我們希望能把偉大的夢想集中在德國民族身上，但還有其他民族也可以透過受苦、暴力及無政府狀態，來取得主導身分。我們必須打垮所有軟弱的政府，剷除所有羞辱我們的宗教。古老的維京人信仰力量，我們現在的領袖雖然還年輕，力量卻日益壯大。那些偉人是怎麼說的？好像是：『給我工具，我就能把工作做好。』我們的領袖已經擁有工具了，而且將會擁有更多，還會有飛機、炸彈、化學武器；他會有自己的軍隊、交通系統；船隻和油都不是問題。他就像擁有神燈的阿拉丁一樣，把燈一擦，一切就盡在手中了，他是天生的領袖。」

夏洛特眉頭一皺，開始咳嗽。

「我來扶你一把。」

瑪蒂達扶著她回到椅子上，夏洛特喘著氣。

「衰老真是很可悲的事，但我應該能撐得夠久，可以看見新世界的創建。你希望你的姪孫能共襄盛舉，對吧？我會打點的，他想在英國掌權，是吧？你準備好替我們在那邊打前鋒了嗎？」

「我一度很有影響力，可是現在……」瑪蒂達夫人悲哀地搖搖頭。「都過去了。」

「你會恢復影響力的，親愛的，你來找我就對了，我倒是有一些影響力。」

「這是個很美的遠景。」瑪蒂達夫人嘆口氣喃喃說道，「年輕的西格里德。」

§

「見到老友開心嗎？」艾美在回來的路上問。

「你若聽到我說的那些胡言亂語，一定不敢相信。」瑪蒂達夫人說。

16 派克韋的說法

「法國傳來的消息很不妙，」派克韋上校從外套上拍落一堆菸灰。「我記得邱吉爾在上次大戰時也說過同樣的話。他是講話最言簡意賅的人。這句話使人難忘，把該說的都說了。雖然那已經是很久以前的事了，但今天我想再說一遍，法國傳來的消息很不妙。」

他咳了一下，喘口氣，彈掉更多的菸灰。

「義大利的消息也很糟，」他說，「蘇聯若肯公開他們的情況，只怕情勢也好不到哪兒去，那邊也有暴亂，學生上街遊行、窗戶被砸、各國大使館受到攻擊！埃及、耶路撒冷、敘利亞傳來的消息也很不妙，不過他們一向如此，所以我們不必太擔心。但阿根廷的情形就十分非比尋常了。阿根廷、巴西、古巴等地的學生已經聯合起來，自稱『黃金青年聯邦』，他們有自己的軍隊，服裝、武器、制度都很齊全，也有飛機、炸彈，天知道還有些什麼致命的東西。最糟的是，他們大都知道如何使用這些武器。這些人一路唱著歌，有流行歌、民謠和過去的軍歌，就像救世軍一樣……我可沒有褻瀆救世軍的意思，只是打個比方而已，救世軍做了很多好事，連女孩都打扮得漂漂亮亮。」

他接著說：「我還接到消息說，先進文明國家中也將展開一系列活動，英國將首當其衝。我們國人還算得上文明吧？我記得前幾天有個政治家說：『英國之所以是大國，乃因為人民可以為所欲為，可以示威破壞，可藉暴力宣泄高昂的鬥志、裸裎以示精神之純淨。』我不知道這位老兄想講些什麼……政客通常是不知所云，可是偏偏又很能掰得似是而非，所以才會變成政客。」

他停了一下，看著正在聆聽他說話的人。

「真是災難，天大的災難啊。」喬治爵士說，「簡直難以置信……你得到的消息就是這些嗎？」他憂心地問。

「這些還不夠啊？你也太難取悅了吧！無政府主義正蔓延全球……我們得到的消息就是這。現在他們的勢力還沒完全穩固，但就快得勢了，非常快。」

「應該能採取行動來阻止他們吧？」

「沒有你想像的那麼容易。催淚彈只能阻擋他們一時，給警方喘息和重整的空間。我們雖然擁有不少生化武器、原子彈等致命武器，但是你想想看，動用之後會有什麼結果？示威的男男女女、商業區購物的主婦、退休在家的老人、高官要員，以至於你我，豈不都全毀了？擺明了會是一場大屠殺啊。」

「反正，」派克韋上校繼續說，「如果你只是想知道消息，我想你今天在途中就得到一些最新消息了。是德國總理史畢斯捎來的最高機密。」

「你怎麼會聽到消息？這應該是極機密……」

「這裡每件事我們都知道，」派克韋的口頭禪出來了。「我們就是幹這行的。」他又說：「而且還要派某位專業人士過來，對吧？」

「是的，理查德博士，他們最頂尖的科學家，我想是……」

「不對，那人是醫生，在瘋人院……」

「哦，天啊，是……心理學家嗎？」

「可能是，經營瘋人院的大多數是心理學家，不是嗎？但願他能幫我們看看這些年輕朋友哪裡出毛病，怎麼會滿腦子裝的都是德國哲學、黑人人權哲學、已故法國作家的哲學。順便替那些法官看看病，怎麼會講出『我們得小心處理，以免傷了年輕人的自尊心，因為他們將來還要到社會上工作』這種無厘頭的話。我寧可請他們回房去，專心讀他們的哲學。我知道我跟不上時代了，你們無需提醒我。」

「我們還是得將新的思潮納入考量，」喬治爵士表示，「我覺得，我是說我希望，唉，怎麼說呢……」

「你一定很煩惱，否則不會連話都不會講了。」

桌上電話鈴響，派克韋接聽後，將話筒拿給喬治爵士。

「是的，我是。」喬治爵士說，「喂，是啊，我同意。我想……不，不行，內政部不行。你是指私下舉行嗎？我想我們最好用……」

喬治爵士小心地看看四周。

「這裡沒裝竊聽器。」派克韋上校笑著表示。

「密碼是藍色多瑙河，」喬治爵士悄聲地說，「是的，是的，我會帶派克韋上校一起去……哦，當然，一定會請到他，就說你指定要他同去，不過要記住我們的會議是純私人性質。」

「那麼我們無法坐我的車囉？太引人注目了。」派克韋說。

「霍沙姆會開他的車來接我們。」

「很好，」派克韋說，「這一切真的很有意思。」

「你覺不覺得……」喬治爵士略微遲疑地說。

「我什麼也不覺得。」

「我是說，嗯，我是指……不介意我給你一點建議吧，你要不要用一下衣刷？」

「哦，你是指這個呀。」

派克韋上校拍拍自己的肩膀，彈出一小片煙霧，害喬治爵士咳了好幾下。

「南妮……」派克韋大喊一聲，用力按著桌上的鈴。

一名中年婦人拿著衣刷，像神燈裡的精靈一樣立即現身。

「麻煩您暫時閉一下氣，喬治爵士，」她說，「會很嗆人的。」

她幫爵士開門，爵士出去時，南妮在為派克韋上校撢菸灰時，聽他邊咳邊抱怨說：「這些人實在很無聊，老要我把自己打理得一塵不染。」

「上校，你離一塵不染還遠著咧。不過現在你應該很習慣被我『打掃』了，而且你也知道內政部有不少人患氣喘。」

「嗯……那是他們自食惡果，誰教內政部不設法改善倫敦嚴重的空氣汙染？走吧，喬治爵士，咱們去聽聽遠道而來的德國和尚有什麼經要唸，看起來好像挺緊急的。」

17 德國總理史畢斯

史畢斯先生一臉憂色，而他也無心加以掩飾。因為他們五人聚首討論的事，確實十分嚴重，無啥可喜之處。不過史畢斯依然不失沉穩，這是他在處理德國近來各種政治危機時，最有力的憑恃。史畢斯是堅毅而思慮周密的人，參加任何會議都能展現出合理的判斷。他並不恃才傲物，也因此讓人覺得可靠。許多國家的紛亂，三分之二都是那些自以為是的政客搞出來的；另外三分之一則是那些不懂掩飾自己無能的笨蛋造成的，儘管他們由民主政府拔擢而出，卻毫無判斷力及常識可言。

「各位都了解這不是官方的正式訪問吧？」總理說。

「當然，當然。」

「前不久我得到消息，覺得有必要告知諸位。這消息為最近的紛亂局勢帶來一線曙光，請容我向大家介紹，這位是賴卡特醫師。」

賴卡特醫師是位高大清秀的男子，說起話來不時會來夾雜一句「噢，是的」。

「賴卡特醫師是卡斯魯市附近某大醫院的院長，看護一批精神病患。你的患者在五、六百人之間，對吧？」

「噢，是的。」賴卡特醫師說。

「你那邊各種精神病患都有吧？」

「噢，是的。各種精神病患都有，不過我的興趣主要在一種特殊的精神病類型上，也專治這類型的患者。」

接著醫師改用德文表達，史畢斯很快地幫他做簡短的翻譯，以免在場的幾位英國友人聽不懂。

「賴卡特醫師說，他最大的成就在於治療一般所稱的妄想症，這類患者自以為是別人、自以為無比重要、有迫害妄想症……」

「噢，不是的。」賴卡特醫師說，「我不醫迫害妄想症，我的診所裡也不收容這類患者，我對他們不特別感興趣。我的病人情形剛好相反，他們是因為希望自己快樂，所以才緊抓住幻覺不放。我要是把他們治好了，他們反而不快樂，因此我必須找出一個既能使他們恢復正常神志，又能保有那份快樂的治療辦法。我們稱這種特殊的心理狀況為……」

他吐出一個長如裹腳布的德文字。

「為了我們的英國朋友著想，我還是用『妄想症』這個詞吧，雖然不是完全貼切。」史畢斯急忙打斷他說，「賴卡特醫師，就像我剛說的，貴院裡有六百位這樣的病人是嗎？」

「現在已經有八百人了。」

「八百！」

「很有意思，真的有意思。」

「這些人，剛開始的時候……」

「其中有全能的上帝，」賴卡特醫師說，「你懂嗎？」

賴增比有些不解。

「噢，嗯，是的，嗯……我了解，我想一定很有意思。」

「當然啦，有一兩名年輕人自以為是耶穌基督，但是自以為是全能上帝的人最多，另外還有其他各種角色。有一段時期，我的病人裡有二十四個希特勒，不過這是希特勒仍在世的時期，是的，有二十四、五個希特勒……」他從口袋裡掏出小記事本。「我都有記錄。十五個拿破崙——拿破崙這個角色向來很受歡迎——十個墨索里尼，五個凱撒大帝再世，還有其他各種有趣的個案。但這不是我今天要報告的重點，我想各位對醫療報告並不感興趣。現在就來談談正事吧。」

賴卡特醫師的句子變得短多了，史畢斯先生則繼續翻譯。

「有一天，某位備受尊崇的執政黨官員去找他……對了，那是在大戰期間。現在暫時就稱他為馬丁，等一下你們會明白我所指的是誰。馬丁還帶著他的上司，也就是當時的元首。」

「噢，是的。」賴卡特醫師說。

「元首會來視察，這在當時是至高無上的榮譽。」醫師繼續說，「元首很客氣，他聽說我的研究成果斐然，表示近來軍方遇到一些麻煩，老有幾個人相信自己是拿破崙，或拿破崙的手下大將，然後亂下軍令，搞得大家不知所以。我當時很想給他一些有用的專業建議，但陪他前來的馬丁先生說不需要。」賴卡特醫師有點不安地看著史畢斯，然後繼續說：「我們偉大的元首不想聽那些煩人的細節，他說能有經驗豐富的專業醫生給他意見當然很好，但他想……嗯，他想四處看看，我很快便發現，他真的對本院很感興趣。我並不訝異，因為，唉，那是一種明顯的病徵，壓力在他身上已經開始產生影響了。」

「我想當時他已經開始以為自己是全能的上帝了。」派克韋上校突然說道，然後咯咯咯地笑了起來。

賴卡特醫生驚訝地看著他。

「他向我問了一些事，他說馬丁告訴他，我有不少病人居然自以為是希特勒，這不是很奇怪嗎？我說這種情形並不稀奇，因為他們崇拜領袖，一心效仿領袖，自然而然地就把自己當成領袖了。我在解釋時其實滿擔心的，看到他滿意的表情後，才放下心。他覺得有人願意模仿他，是一種恭維。接著他又問我能不能見見幾位代表性病患，我們商議了一下，馬丁先生原先有些擔心，但他把我拉到旁邊，向我保證元首真的很想看看那些病患，只是他怕……簡言之，不能讓希特勒有任何風險。萬一這些自稱希特勒的病患採取暴力或十分危險……我跟他擔保不用擔心，並建議由我來召集這些人，讓元首看一看。可是馬丁先生說，元首想單獨與他們會見，不希望我在場，以免主治醫生出現使病人不自在，如果沒有危險的話……我再度向他保證不會有暴力行為，不過馬丁先生若能在場作陪會更好。事情敲定後，我便去做安排。我通知幾位病患到房間集合，與貴賓會面，交換意見。

「患者們進去後，我就退出房間關上門，在門外與兩位陪同前來的侍從聊天。我說，元首的神情似乎十分焦急，是否有什麼不對勁？當時他確實遇到不少麻煩，因為大戰快結束了，許多事都每況愈下。侍從告訴我，元首最近非常沮喪，但他們堅決相信，只要能實踐他所提出的理念，領袖必能很快地打贏這場戰爭。」

「我想，」喬治爵士表示，「希特勒當時一定是處在一種……」

「我們沒有必要討論他的心理狀況，」史畢斯先生說，「他的精神已經完全錯亂了，好幾次都得暫時幫他停權，不過這在各位對本國的研究資料裡都有記載。」

「記得紐倫堡大審時……」

「不需再提紐倫堡大審的事了，」賴增比先生斬釘截鐵地說，「那都是陳年往事。我們應該寄望未來，在貴國政府、葛斯尚先生的政府及歐洲友邦的協助下，攜手共創共同市場。過去的就讓它過去吧。」

「沒錯。」史畢斯先生說，「但我們現在提的正是過去的事。馬丁和希特勒在集會室裡只待了一會兒，約莫七分鐘就出來了。馬丁對賴卡特醫師表示非常滿意這次的會面，由於車子正在等著，他們得趕往另一個會議，因此便匆匆離去了。」

眾人一陣沉默。

「然後呢？」派克韋上校問，「發生什麼事了？」

賴卡特醫師說：「他們走後，其中一名患者的言行變得更異常了。這名病患原本是所有病人中長得最像希特勒的，因此對自己的形象信心滿滿。現在他更加堅持自己就是元首了，口口聲聲說得馬上趕回柏林，召集眾將領開會。之前他的病情很輕，現在卻急轉直下，完全變了個樣，我實在想不透為什麼他會有這種一百八十度的轉變。幸好兩天後他的家屬將他帶回去做私人治療，令我鬆了口大氣。」

「你就這樣放他走啦？」史畢斯先生問。

「當然了。他們有一位很可靠的醫生同行，而且，這位患者是自願入院的，並非法院判定的精神患者，他有自行來去的權利。所以他就走了。」

「我不懂……」喬治爵士正要開口。

「史畢斯先生有一套說法……」

「不是說法，」史畢斯先生表示，「我要告訴諸位的是千真萬確的事實。俄國曾隱瞞這個消息，我國政府也祕而不宣，但已經有足夠的證據可以支持我的論點了——希特勒在訪問療養院那天，自願留在療養院裡，與馬丁一起離開的則是最像希特勒的那個患者。後來自殺死在地下室的也是這個人。我就打開天窗說亮話吧，我們不必去討論無謂的細節了。」

「但我們必須知道事情的真相。」賴增比說。

「真正的希特勒經由事先安排好的路線，偷偷被人送到阿根廷，在那兒生活了好些年。他與一位家世良好、美麗的亞利安女孩生下了一個兒子，有人說那少女是英國人。但希特勒的精神狀況愈來愈糟，一直相信自己仍在戰場上指揮大軍，最後終因瘋狂而死。療養院是唯一能讓他逃離德國的辦法，所以他就接受了這項安排。」

「為什麼這麼多年都沒露出破綻？沒人知道？」

「是有一些謠傳，但謠傳本來就不曾斷過。假如你還記得的話，曾有人說過俄國沙皇的女兒逃過紅軍搜捕，如今還活在世界某處呢。」

「但那是……」喬治爵士停了一下。「假的，全是假的。」

「某一批人認為是假的，另一批人卻接受這種說法，而且雙方都認識她。後來出現的安娜西雅究竟是真正的俄國公主，抑或只是尋常的農家女？哪個才是真的？謠言這種東西傳得愈久，相信的人就愈少，只有那些愛胡思亂想的人才會繼續相信。一直以來，坊間就盛傳希特勒沒死，還好端端地活著。沒有一個人有把握他所檢查過的那具屍體，就是希特勒本人。只因為首先攻入地下室的俄國人這樣說，大家就相信了，但俄國人並沒有提出任何證據。」

「你的意思是，賴卡特醫師，你同意他的誇張論調嗎？」

「噢，」賴卡特醫師說，「你問我啊……我要說的都說了。我唯一可以確定的是，來到療養院的是馬丁先生，帶元首來的也是他，馬丁對他畢恭畢敬。我整天跟幾百名希特勒、拿破崙和凱撒大帝周旋，各位要知道，住在我院裡的那些希特勒，看起來可能都很像他。因為他們若沒有一定程度的神似，借助化裝、服裝，並不斷的模仿及扮演，便很難相信自己就是希特勒本人。我以前從未見過希特勒，只在報上看過照片，大家對這位大天才的認識也都僅止於此，只是看到他希望讓我們看到的一面而已。他來了，同行的馬丁說他是希特勒，我當然不疑有他，並乖乖聽命。希特勒想在房裡見他的一些……怎麼說呢，見他的分身，他進入房間，然後出來了，這期間要交換衣服是輕而易舉的事。走出房間的是他本人還是冒牌貨？沒人知道。馬丁匆匆坐車離去，真正的希特勒有可能留在房裡，開心地扮演自己的新角色，因為他知道這是唯一能逃離隨時會投降的德國的辦法。他原本心情就很煩亂，氣憤那些本來對他言聽計從的部屬，不再理會他那些異想天開的命令了。他已經感受到自己不再擁有至高無上的領導權，但他還有幾位忠心的部屬幫他脫逃，遠離德國，逃出歐洲，讓他可以到其他洲陸重新集結納粹黨人，號召那些盲目相信他的青年，讓納粹的旗幟再度飄揚。他應該很樂於扮演瘋子的角色吧，他可以讓其他患者看到，他扮演的希特勒比他們都像，他偶爾自顧自地大笑，我的醫護人員去看了，只覺得有名病患鬧得特別凶罷了，沒什麼大不了的，畢竟我們那裡有太多的拿破崙、凱撒了。我只能這樣說而已，現在請史畢斯先生繼續說吧。」

「真是太離奇了！」喬治爵士說。

「是很離奇，」史畢斯先生說，「但離奇的事是可能發生的。在歷史上，在日常生活裡，匪夷所思的事比比皆是。」

「都沒人起疑，沒人知道嗎？」

「這是個很周密的計畫，經過仔細的安排與籌畫。逃亡路線已經有了，詳情則不很清楚，但可以重點式地猜到。我們在調查過程中發現，有些當時隱姓埋名，喬裝打扮，輾轉遷移的涉案人員，最後都不得善終。」

「因為怕他們走漏風聲或嘴巴太大嗎？」

「是祕密警察幹的。比起賜給這些人高官厚祿，斬草除根要來得容易多了！死亡對祕密警察而言是家常便飯，他們有各種暗殺手法，懂得如何湮滅屍體……噢，順便一提，我們對這件事已經調查了一段時間，找到不少文件資料，真相也已水落石出。希特勒的確逃到了南美洲，據說還曾舉行婚禮，並生下一個孩子。孩子還在襁褓時，腳上便被烙下納粹的印記。我派出一些可靠的探員，他們在南美親眼看到他烙著印記的腳。孩子在嚴密的保護下，在南美長大，他像達賴喇嘛一樣受到培育，準備將來大展鴻圖。那些瘋狂的學生運動背後，其實還有更大的企圖，不單單是在追求新納粹黨及新的德國優等民族的復甦而已，還有更多其他東西。他們要讓許多其他國家的青年，讓歐洲每個國家的優等青年聯合起來，加入無政府主義的行列，摧毀舊的世界，破壞物質主義，集結以殘忍、謀殺及暴力為標誌的新黨派，借助破壞手段來爭取權力。現在這些人有了領袖，他雖然長得跟死去的父親不像，卻有純正的血統。這人繼承了母親的金髮碧眼，像一個典型的北歐男孩。這是一個全世界都會接受的金童，日耳曼人和奧地利人因為信仰及音樂的關係——年輕的西格里德——而首先拜倒在他腳下。這位年輕人以『年輕的西格里德』姿態竄起，指揮眾人，帶領他們走向應許之地。那不是摩西帶領討厭的猶太人要去的應許之地，猶太人都葬在地底下，或毒死在煤氣室裡了。這將是他們自己的理想國，是他們以自己的力量掙來的。歐洲各國將與南美洲聯合，他們已有自己的先鋒部隊、無政府主義理論家、預言家、游擊隊和跟隨者。他們都經過長時間殘酷而磨人的訓練，無懼暴力，不畏死亡，準備邁向光榮，邁向自由！成為新世界的統治者，命定的征服者。」

「胡來，」賴增比先生說，「一旦這些獲得制止，整齣鬧劇就會全面崩盤了。太荒謬了！他們能幹什麼？」賴增比頗不以為然地說。

史畢斯沉重地搖搖他那顆智慧的頭說：「我來告訴你答案吧，答案就是……他們也不知道。他們不知道將來的目的和方向，也不知道自己將來會如何。」

「你是說，他們並不是真正的領導者？」

「他們只是年輕的示威英雄，憑藉著暴力、痛苦和仇恨來獵取榮耀。現在他們的追隨者不再限於南美和歐洲，已經向北擴散了。美國也有大批青年響應西格里德的號召，接受他所受過的訓練，學會殺人，享受痛苦，學習死亡令的規章、希姆勒的規則。他們接受訓練及祕密洗腦，他們並不知道這些訓練的目的何在；但是我們曉得，至少我們幾個人知道。貴國呢？」他問。

「我們有四、五個人大概知道了。」派克韋上校說。

「俄國已經知道，美國也已開始有所覺察。他們知道那些人是青年英雄西格里德的信徒，西格里德是北歐傳說中的真命天子，這已成了他們的新宗教，他們信奉這位金童，信奉青年人的光榮勝利。北歐諸神在西格里德身上復活了。」

「當然了，」史畢斯恢復平時的聲音說，「這一切亂象並不單純，因為背後有更強的人在操縱……一群心思邪惡、腦袋一流的人。一位優秀的金融家、一名卓越的企業家、某位控制各種礦業油田和大量鈾料及各種不同能源的人，他擁有一批最頂尖的科學家。這些人也許本身看起來不怎麼特出，卻握有生殺大權。他們控制了權力的來源，並用特定方法來控制這些青年。他們利用毒品來製造忠心不二的奴隸，讓每個國家的奴隸日漸陷入毒品的世界而無法自拔，只能完全屈從、依賴那些他們連面都沒見過卻掌握住他們身心的人。他們對毒品的渴求使他們成為奴僕，要不了多久，這些奴僕就沒有利用價值了，因為他們藥癮太深，只能頹然地做著白日夢，最後被棄之不顧，坐以待斃，無法分享他們所信仰的烏托邦。他們被灌輸一些邪教思想，其實不過是些假借神明的旁門左道罷了。」

「性是不是也是很浮濫？」

「性能夠毀滅自身。古羅馬時期，那些沉溺於淫亂、濫交、縱欲的人，會厭煩和疲倦於性，有時甚至逃離它，躲避到沙漠裡去，成為隱士。性有耗盡之時，雖然性是一種衝動，但它不會像毒品那樣控制你。毒品、虐待、權力欲和仇恨都能帶來一種邪惡的快感，一旦對這種快感著了迷，你就再也回不了頭了。」

「親愛的總理，我實在無法相信你的話……我的意思是，嗯，如果出現這些現象，我們一定得採取強烈的手段來打壓。人不能在這類事項中遊走，一定得站穩腳步，採取堅定的立場。」

「別再說了，喬治。」賴增比拿出菸斗，看了一下，然後又放回口袋。「我想，最好的計畫，就是我到蘇聯去一趟。據我所知，他們已知道這些真相了。」

「他們非常清楚，」史畢斯先生聳聳肩說，「至於他們會承認自己知道多少，就很難說了。要蘇聯開誠布公，向來難如登天。他們在中國邊界的問題已經夠多了，也許不會像我們認為的那麼嚴重。」

「我想我還是應該擔起這項特殊任務。」

「我要是你的話，會留在國內。」

亞特曼爵爺平靜的聲音從角落傳來，他虛弱地坐在椅子裡。

「國內需要你，」他說，聲音裡帶著一絲無法抗拒的權威。「你是政府首腦，國家不可一日無主。我們有一些訓練精良的密探，我們的大使也可以執行國外的任務。」

「密探？」喬治爵士狐疑地問，「密探在這種階段能做什麼？我們應該找安全部門……啊，霍沙姆，你也在這裡，我剛才怎麼沒看到你？來來來，你來告訴我們，我們有什麼密探？他們能做些什麼？」

「我們的確有許多優秀的探員，」霍沙姆平靜地表示，「這些人幫我們情蒐，史畢斯先生今天也告訴我們許多消息，這些消息也都是德國探員幫他弄來的。問題是——問題一向都是——沒人願意相信他們得來的情報，這點只要看看二次大戰的經驗就知道了。」

「當然了，情治單位……」

「沒人願意相信情報人員其實也很聰明，但他們真的都很優秀，都受過各種嚴格的訓練，而且他們的報告十之八九是正確的。可是結果呢？高層拒絕相信、不願相信，而且更進一步地拒絕採取行動。」

「親愛的霍沙姆，我不能……」

霍沙姆轉身對德國總理說：「即使在貴國，也有同樣的問題吧？揭示真相的報告遞上來了，卻未見行動。因為人們不想知道醜陋的真相。」

「我必須承認，這種情形確實可能發生，但我跟你保證不會太多。沒錯，有時候是……」

賴增比又去掏菸斗了。

「我們先別爭論情報的事，目前的問題在於要不要根據所獲得的情報來採取行動。這不是單一國家的災難，而是全球性的危機，高層必須做出決議……我們必須出面。門羅上校，軍方必須出動，以支援警方。史畢斯先生，貴國向來是強盛的軍事國家，軍方得在暴動演變到不可收拾之前予以鎮壓。我相信你會同意我的做法吧？」

「做法是沒錯，但目前的暴動情勢已經像你所說的，變得『不可收拾』了。他們有武器、槍枝、機關槍、彈藥、手榴彈、炸彈、化學製劑和毒氣……」

「可是我們有核武呀，用核武來嚇他們……」

「他們並不是愛鬧事的學生而已，這批青年軍的後面還有科學家——年輕的生物學家、化學家、物理學家，準備發動全歐洲的核戰。」史畢斯先生搖搖頭。「德國已經有人意圖在科隆的供水系統下毒了……施放傷寒菌。」

「太不可思議了，」賴增比抱著希望看看眾人。「柴德文，門羅，布倫特？」

沒想到只有一個人做出反應。

「我不知道海軍能幫上什麼忙，這不是我們的專長。不過我倒可以給你一點建議，如果想為自己打算，那麼就帶著你的菸斗和足量的菸草，遠離核戰範圍，到南極露營，或到輻塵飄很久才能抵達的地方。歐斯坦教授已經警告過我們了，他很清楚自己在說什麼。」

18 後話

會議至此中斷，眾人決定另做安排。

德國總理跟英國首相、喬治爵士、柴德文及賴卡特醫師一起前往唐寧街午餐。

布倫特上將、門羅上校、派克韋上校和霍沙姆則留下來繼續討論。大人物不在場，眾人談起話來便自在多了。

一開始的談話跟主題不太沾邊。

「幸好他們把喬治爵士帶走了，」派克韋上校說，「他那憂慮多疑的樣子，實在很容易卯到我。」

「你該和他們一起去的，上將。」門羅上校說，「看樣子柴德文或喬治爵士大概沒辦法阻止我們首相走訪蘇聯、中國、衣索比亞或阿根廷等等他想去的國家了。」

「我還有別的事要做，」上將粗聲說，「我要去鄉下見一位老友。」

他好奇地看著派克韋。「希特勒的事是不是把你嚇到啦，派克韋？」

上校搖搖頭。「倒沒有，我們早聽說希特勒在南美出現集結納粹的謠傳了，真假可能性各具一半。無論這傢伙是瘋子、冒牌貨，還是本尊，很快也得接受檢驗了。裡頭有很多骯髒的勾當，對他的支持者來說，這人其實沒有多大用處。」

「地下室裡的屍體究竟是誰的？這還是一個很好的八卦題材。」布倫特說，「從來沒有人能明確地指認，大家只有俄國的一面之詞。」

布倫特站起來，向眾人點頭示禮，然後朝門口走去。

門羅若有所思地說：「我相信賴卡特醫師知道真相，只不過他說得很含蓄罷了。」

「德國總理為人如何？」霍沙姆問。

「很明理，」在門口的布倫特回頭說道，「他正要實施自己的治國理念時，卻被年輕人搞得一團亂，真可惜！」他緊盯著門羅上校問：「關於那位金童，希特勒之子的事，你們知道多少？」

「這點就不用擔心了。」派克韋上校突然插嘴道。

布倫特鬆開門把，回來坐下。

派克韋上校說：「希特勒從未生過兒子。」

「你怎能確定？」

「我們有絕對的把握。『年輕的西格里德』弗朗茲，偶像領袖，其實只是個普通人或冒牌貨。他父親是阿根廷木匠，母親是德國歌劇院裡的小明星，一頭金髮，長得頗美。他的美貌和嗓子就是遺傳自母親。弗朗茲是他們精挑細選出來扮演這個角色的，他本來就是個出色的演員，他們還在他腳上烙下納粹的印記，再幫他編織浪漫的身世，把他當尊貴的達賴喇嘛一樣捧在手上。」

「有證據嗎？」

「全套的文件證明，」派克韋上校嘲諷地笑了笑。「是我最得力的探員弄到的。證明文件、照片、親筆簽署聲明，其中有一張是他母親簽的，還有醫院為他開刀的日期、出生證明的正本——他本名叫卡爾·艾格里歐，我們還有他後來改名叫弗朗茲的證明。整套詭計的證明都被我們弄到手了，我的探員及時逃脫，要不是在法蘭克福遇到貴人，恐怕早已遭到追殺而來的敵人毒手了。」

「那些文件現在何處？」

「在一處安全的地方，等時機一到，自然會公布出來揭穿這場第一流的騙術。」

「政府知道嗎？首相呢？」

「除非迫不得已，或確定他們會採取有效的措施，否則我從來不把知道的事全部告訴政客。」

「你真是老謀深算哪。」門羅上校說。

「總要有人當老狐狸吧。」派克韋上校無奈地說。

19 座上客

史鐸夫爵士正在招待賓客。除了其中一位他見過面外，其他客人他一概不識。他們都是英俊好看、行事恭謹、聰明絕頂的年輕人。他們的髮型齊整時髦，衣著也都是名家剪裁的精品，史鐸夫不得不承認這批人實在非常令人賞心悅目。同時他也不斷測度他們對自己有何意圖。史鐸夫知道其中有一位是石油大王的兒子；另一位大學畢業後就投身政界，他叔叔擁有連鎖餐館；第三個青年生就一對臥蠶眉，緊鎖的眉頭，似乎天生疑心特重。

「謝謝你讓我們來拜訪你，史鐸夫爵士。」

說話的金髮青年似乎是三人的首領。他的聲音十分悅耳，名字叫克利夫·本特。

「這位是羅德里·凱特利，這位是吉姆·布魯斯特。我們對未來都很焦慮。我這樣說對吧？」

「大家的感覺不都一樣嗎？」史鐸夫說。

「我們都不喜歡當前的景況，」克利夫說，「暴動、無政府主義，這些當哲學來念念無妨，但坦白講，我覺得我們該從那個階段過渡出來了。我們希望學生能正常求學，不受干擾；希望能示威，但以溫和的手段，而非訴諸暴力。我們要的是一種理性的示威，我們希望能組織新的政黨。吉姆長時間以來一直在研究商業工會的問題，也擬出全新的理念與計畫。他們想叫他住嘴噤聲，但他不肯放棄，是不是，吉姆？」

「大都是些笨頭笨腦的老頭。」吉姆不屑地說。

「我們希望能有一套正視年輕人需求的合理政策，一套更經濟的政府策略，教育體系能傳授各種不同但不會流於虛妄自大的思想；希望我們能在國會贏得席次，最後並能組織政府——我覺得這是很可行的——將這些理念付諸實現。許多人參與我們的運動，我們代表年輕的一輩，代表現代化。我們想要一個理性的政府，一個下院議員人數精簡的政府。我們正在觀察目前的政壇人士，希望從中物色人才，我們不以其成就為依據，而以他是否通情達理為挑選要件。此番前來，是想知道你對我們的目標感不感興趣。現在雖然有部分人士還在掌權，但我們已經物色好人選了。不久我們就會淘汰掉手上的這批人，以新人取而代之。至於第三個政黨，似乎已成一灘死水了，雖然裡面有一兩位人單勢孤的人才，不過我想他們會向我們的理念靠攏。我們希望能吸收你，因為我們需要一個懂得擬定成功外交政策的人。世界其他國家的情況比我們都亂，華盛頓已被夷為平地，歐陸爆發軍事行動和遊行，機場也遭受破壞。啊，我不需要把過去六個月來的消息逐一列出，我們的目的是讓英國再度恢復平靜。

延攬適當的人，做出正確的事。我們需要大量的青年才俊，我們也有許多非激烈派、非無政府主義的人才，願意出面一試，讓國家變得更繁榮。我們也需要一些年紀稍長的人……不是六十歲以上，而是像你一樣四、五十歲的人。我們會來找你，是因為聽說過你的一些事，知道你正是我們需要的人。」

「你們自認為很明智嗎？」史鐸夫爵士說。

「是的。」

第二個年輕人輕聲笑道：「希望你能贊同我們的主張。」

「我可不敢確定，你們這番談話真是肆無忌憚啊。」

「這是你家客廳呀。」

「沒錯，這是我家，我的客廳。可是你們所說的，或者你們將來可能會說的話，也許不甚明智，可能會為你我雙方惹出麻煩。」

「噢！我懂你的意思了。」

「你們是在利誘我，要我違反一些原則，以換取財祿；你們要我背叛。」

「我們並沒有要你叛國通敵。」

「當然不是要我叛國去投奔蘇聯或中國，不過你們的提議涉及他國的利益。」他接著說：「我最近才從國外回來，那是一趟很有意思的旅行。過去三週我人在南美洲，我可以告訴各位一件事，我發現自己回到英國後，一直有人跟蹤我。」

「跟蹤？是你自己多心了吧？」

「不，不是我多心。我從經驗中學到一些事，我曾在偏遠的國度待過……一些紛擾的地區，所以對這種事特別敏感。你們選上我，對我是很光榮的事。但是我們若能在其他地方碰面，可能會更安全些。」

他站起來，拉開浴室的門，打開水龍頭。

「我在電影上學的，室內若被竊聽，就打開水龍頭說話。看來我還是比較老派，現在一定有更好的應付辦法。現在我們可以放心說話了，不過還是得小心。南美是世界上最有意思的地方。」史鐸夫繼續說，「南美這個地區非常有意思，南美各國聯盟現在由古巴、阿根廷、巴西、祕魯等國組成，可能還有一兩個國家打算加入。這很有意思吧？」

「你對此事的看法呢？」疑心病重的吉姆問道，「你究竟想說什麼？」

「我會繼續小心行事。如果我不亂說話，你們才會更信任我。不過我想先把浴室的水關了。」

「吉姆，去關水。」克利夫說。

吉姆咬咬牙，乖乖照辦。

史鐸夫又打開桌子抽屜，拿出一根直笛。

「抱歉，吹得不好。」

他吹了一首曲子。

吉姆回來了，不悅地問：「這是在幹嘛？開他媽的音樂會嗎？」

「閉嘴，」克利夫說，「笨蛋，你懂什麼音樂？」

史鐸夫微微一笑。

「很高興你們和我一樣喜歡華格納的作品，」史鐸夫說，「今年的青年音樂節我也去了，音樂會非常棒。」

史鐸夫再次吹奏曲子。

「我不知道這首曲子是什麼，」吉姆說，「聽起來挺像國歌之類的。這到底是什麼玩意兒？」

「這是歌劇裡的曲子，」羅德里說，「閉上你的嘴，我們已經知道答案了。」

「年輕英雄的號角召喚聲。」史鐸夫說。

他很快地舉手做了一個手勢，這在過去是「嗨，希特勒！」的意思。史鐸夫輕聲說道：「新的西格里德。」

三個人全站起來。

「你說得對，」克利夫表示，「我們大家都應該小心行事。」

眾人互相握手。

「很高興知道你會加入我們，國家未來需要一流的外交部長。」

史鐸夫看著他們走出房間進入電梯，離開了。

他笑了笑，關上門，抬眼看看牆上的鐘，然後在椅子上坐下來等著……

他想到一個星期前，他和瑪麗安在甘迺迪機場分道揚鑣的情形……

兩人默默站著，不知該說什麼。史鐸夫首先打破僵局。

「你想我們會再見面嗎？不知道……」

「我們有理由不再見面嗎？」

「每種理由都有可能。」

她看著他，然後很快地移開視線。

「我們一定得分開，這是……工作的一部分。」

「工作！你就只想到工作，是不是？」

「不這樣不行。」

「你是行家，我只在玩票。你是……」他氣了。「你是誰？到底是做什麼的？我根本不曉得，對吧？」

「對。」

史鐸夫看著她，看到她臉上悲傷到近乎痛苦的神情。

「所以，我在想……你認為我應該信任你，是嗎？」

「不，我沒這個意思。我從多年的經驗中學到一件事：絕對不要相信任何人。記住我的話，永遠地記住。」

「這就是你的世界嗎？一個充滿猜疑、恐懼和危險的世界。」

「我想活命，而且我也還活著。」

「我知道。」

「我希望你能活命。」

「法蘭克福那次我就很信任你……」

「你是在冒險。」

「那是非常值得一試的冒險，這點你我都很清楚。」

「你是說因此……」

「因此我們才能在一起。而現在我的飛機要起飛了。難道我們的關係始於機場，也將終於機場嗎？你要去哪裡？去做什麼？」

「去做我該做的事。去巴爾的摩、華盛頓、德州，去做人家交代我做的事。」

「那我呢？沒有人交代我做什麼。我要回倫敦了……然後呢，在那邊做什麼？」

「等待。」

「等什麼？」

「等待有人為你安排好下一步。」

「然後呢？」

她突然綻出一朵微笑，一個史鐸夫熟悉的笑容。

「到時候就且戰且走囉，你會知道怎麼做，你一定會喜歡去找你的那些人，他們都是精挑細選出來的。認識他們，這點對我們來說非常重要。」

「我得走了。再見，瑪麗安。」

「再見。」她用德語說。

倫敦公寓的電話鈴響，將史鐸夫從離別的回憶中喚醒，他低聲用德語說了聲再見，然後站起來走過去拿話筒，一邊無奈地自言自語道：「就這樣吧！」

電話裡的粗啞嗓音一聽就知道是誰。

「史鐸夫嗎？」

他說：「一聽就知道是你。」

「醫生叫我戒菸。有沒有搞錯，」派克韋上校說，「他還是趁早死了這條心吧。有消息嗎？」

「噢，有啊，高官厚祿，保證我榮華無盡。」

「太賤了！」

「是啊是啊，你先別激動。」

「那你怎麼說？」

「我吹一首曲子，西格里德的號角主曲。這是我老婦婆的點子，效果棒透了。」

「聽起來有點不可思議！」

「你知道有一首曲子叫『胡妮塔』嗎？我也得去學一下，說不定哪天用得上。」

「你知道胡妮塔是誰嗎？」

「我想應該知道。」

「嗯，我在想……最後一次聽說她是在巴爾的摩。」

「你們那位希臘女孩可好？那位西垛芳小姐，現在人在哪兒了？」

「大概坐在歐洲某機場等你吧。」派克韋說。

「歐洲機場大都因爆炸或損毀而關閉了，要不然就是受到劫機者的恐嚇。有一首歌唱道：『男孩女孩出來玩，月亮皎亮似白晝，放下晚餐和睡床，射倒同伴躺街上。』」

「這是十字軍東征時的兒童軍歌。」

「我對此所知不多。我只知道十字軍裡有獅心王理查。不過這整個行動的確頗有兒童軍歌的味道。始於理想，一心想解放被異教徒統治的聖城，結果卻帶來無休無止的死亡，幾乎所有的兒童都死了，不然就是被賣去當奴隸。這件事的結果也很可能是這樣，除非我們先找到解決的辦法……」

20／故友重逢

「我還以為你們全死光了。」布倫特上將罵道。

這話本來是要對姍姍來遲的管家說的，沒料到開門的竟是位年輕女子。他只記得對方叫艾美，姓什麼倒忘了。

「我上星期至少打了四次電話，聽說你們出國了？」

「我們是出國了，剛回來。」

「瑪蒂達真不應該到處亂跑，都這把年紀了，搭飛機萬一高血壓、心臟病發作怎麼辦？而且阿拉伯、以色列或其他人等還會在上面擺炸彈，一點都不安全。」

「是醫生建議她去的。」

「唉，醫生的話怎能相信？」

「但是她回來時精神真的變好了。」

「你們到底去哪兒了？」

「去做療養，在德國，或是……我記不住究竟是德國還是奧地利，是一處新的療養院，效果很好。」

「我知道你講的那一個地方，價錢貴得很，不是嗎？」

「嗯，可是據說療效非常好。」

「搞不好只是用另外一種方法讓你死得更快而已。」布倫特說，「你玩得還愉快吧？」

「坦白說不怎麼愉快，風景是不錯啦，可是……」

樓上傳來一個聲音。

「艾美，艾美！你到底在幹嘛？怎麼就在客廳裡聊起來了呢？還不趕快請布倫特上將上樓來，我正在等他呢。」

「在這種節骨眼上到處亂跑？」布倫特上將見到老友後說，「你是活得不耐煩還是怎麼了？」

「才沒有呢！現在旅行起來很輕鬆。」

「在那些機場、樓梯、巴士跑上跑下？」

「都不用，我坐輪椅。」

「一兩年前我還聽你嚷嚷說絕不坐輪椅，說是有損尊嚴。」

「唉，這年頭誰還顧得了那麼多啊，菲利普。坐吧，告訴我為什麼你會突然想來看我？

去年一整年你都沒理我哩。」

「去年我自己身體也不好，而且我在查幾件事，就是那種人家來詢問你的意見，可是壓根不打算採納的那種無聊事。他們不敢把海軍撇在一邊，所以淨在那邊打太極，煩透了！」

「我覺得你氣色挺好的呀！」瑪蒂達夫人說。

「你氣色也不錯，眼睛還炯炯有神。」

「只是耳朵更背了，所以你講話得大聲點。」

「好的，我會講大聲點。」

「要喝什麼？琴酒、威士忌，還是萊姆酒？」

「你這邊好像什麼都有，好吧，我就來杯琴酒好了。」

艾美起身離開房間。

「等她把酒拿來後，再把她支開好嗎？我有些事想單獨和你談。」布倫特說。

飲料端來後，瑪蒂達夫人揮手要她退下，艾美狀甚愉快地離去，進退十分得體。

「真是個好女孩，」布倫特說，「非常乖。」

「你要我把她支走，是不是怕她聽到你說她好話呀？」

「不是。我有事想跟你商量。」

「什麼事？你的健康？要找新傭人？還是不知道花園裡該種什麼？」

「此事非同小可，我想也許你能想起一些對我有用的事。」

「親愛的菲利普，我真是太感動啦，你竟然還認為我這個老太婆能記得事情。我的記憶年年都在減退，我的結論是，人只能記住年輕時代的朋友，即使是可怕的同學，想忘都忘不掉。事實上，我就是去看同學的。」

「你去哪裡？回母校嗎？」

「不是啦，我去見一個三、四十……幾百年沒見面的同學。」

「她長什麼樣？」

「變得非常胖，比我記憶中的更醜、更可怕。」

「你的交友品味實在很怪，瑪蒂達。」

「好啦，快說吧，你到底要我幫你想什麼事？」

「不知道你記不記得你另一位朋友……羅伯特．薛漢？」

「薛漢？我當然記得。」

「玩科學的，首屈一指的科學家。」

「沒錯。你絕不會忘記他那種人。你怎麼會想到他？」

「民眾的需要。」

「怎麼你也這麼說，」瑪蒂達夫人表示，「前幾天我也有過同樣的念頭。」

「什麼念頭？」

「覺得需要他那樣的人，或類似他那樣的人……假如有那種人的話。」

「不過就是沒有啊。聽我說，瑪蒂達，人們會告訴你一些事，我自己也才跟你說了一些……」

「我常覺得奇怪，為什麼會這樣。我連人家在講什麼都沒聽懂，也無法轉述；你還好，薛漢的話我就更不懂了。」

「我可沒告訴你海軍的機密喲！」

「他也沒告訴我什麼科學機密啊，只是說些概況而已。」

「但多少總談到一點吧？」

「嗯，他喜歡講一些把我嚇得半死的事。」

「好吧，那我問你。我想知道，以前他還正常時，是否跟你提起過『B計畫』？」

「B計畫？」瑪蒂達思忖道，「聽起來很耳熟，他常提起某某計畫，某某行動，這個那個的。但你也知道，那些事對我而言沒什麼意義。他明明曉得，卻還是喜歡……怎麼說呢，喜歡嚇唬我。就像魔術師喜歡唬觀眾一樣。B計畫？有了，那是很久以前的事……他非常興奮，有時我會問他：『B計畫進行得怎麼樣啦？』」

「我就知道你向來機智，總是能記得別人在做什麼或對什麼感興趣，就算不懂，你也會表示好奇。記得有一次我跟你描述一種新式海軍用槍，我猜你一定無聊死了，可是你卻聽得津津有味，彷彿這輩子就想聽這件事似的。」

「我雖然沒什麼腦袋，但是你說得沒錯，我很機智，而且是個很好的聽眾。」

「嗯，我想知道薛漢怎麼說B計畫。」

「他說……唉，現在很難記起來了。他先談到他們動了幾個腦部手術，然後才談到這個計畫。那些動手術的都是嚴重的憂鬱症患者，有自殺傾向、過度憂慮、神經衰弱的情形，而且還併發各種焦慮症狀，就是跟弗洛依德相關的那些東西。薛漢說，手術的副作用非常可怕，病人變得很快樂溫和，他們不再憂鬱，也不再想自殺了；可是他們不懂得憂慮，結果就到處亂跑，什麼也不管，因為他們不會去考慮安全，也不會去注意危險。我說得非常語無倫次，不過你應該懂我意思吧？反正，他的意思就是說，B計畫有問題。」

「他有講出更多細節嗎？」

「他說是我啟發他的靈感。」瑪蒂達突然說。

「什麼？像薛漢這樣的一流科學家，說你是他的靈感泉源？你根本不懂科學呀！」

「我是不懂。但我會試著告訴別人一點事理，愈聰明的人往往愈沒常識。真的耶，真正造成影響的，都是那些懂得思考簡單事物的人，像在郵票紙上打洞以便於撕下，或在路上鋪柏油好讓農夫將穀物運至遠處賺取更多利潤的美國人麥可．戴蒙。我覺得這些人比高高在上的科學家更能造福人類，科學家只會想出一些殺人的怪東西。我就是這樣半開玩笑對薛漢說的，因為他剛剛談完科學界的驚人發明，什麼細菌戰、生物實驗，甚至還能危及未出生的嬰兒，還有各種恐怖的毒氣。他說，那些笨蛋還在抗議核武，卻不知核武與新發明的武器比起來，簡直是小巫見大巫。所以我才跟他說，像他這樣聰明的科學家，應該去研究一種對人類真正有益的東西。他看著我，眼睛熠熠生光地問：『什麼才叫有益的東西？』我說除了發明可怕的細菌和恐怖的毒氣外，幹嘛不做點能讓人快樂的東西？這應該不會太難吧。我又說，你剛才說只要把病人的前腦或腦後拿掉一點，他們就轉了性，變得無憂無慮，不再想自殺了。可是如果只取出少許骨頭、肌肉、神經或腺體，就能改變人的性格，那幹嘛不去發明一種使人愉快或讓人安睡的東西？假定你有某種東西——不是安眠藥喲——可以讓人靜靜坐在椅子上做個好夢，睡上二十四小時，然後醒來，正常地吃飯，那豈不更美。」

「這就是B計畫嗎？」

「噢，他當然絕不會詳細告訴我，不過他對一個新點子非常躍躍欲試，而且說是我給他的靈感，所以一定是我讓他想到了什麼光明的念頭吧，因為我從未提過要他發明更噁心的殺人武器，而且我也不想看人哭……催淚彈啦之類的東西。我大概有提過笑氣吧，拔牙的時候，醫生會讓你吸三口笑氣讓你笑。我說，你何不發明一種讓人笑口常開的氣體？我知道笑氣大概只能維持五十秒。有一次我哥去拔牙，牙醫的椅子就在窗邊。他笑得太厲害，不小心把窗子都踢破了，玻璃全掉到街上，牙醫差點沒氣死。」

「你的故事老是有些奇怪的插曲。」上將說，「總之，薛漢就是根據你的提議去做研究計畫的囉？」

「嗯，我也不敢確定。他大概不是去弄安眠劑或笑劑吧，反正是某種東西就對了。那也不叫B計畫，而是另有其名。」

「什麼名稱？」

「他提過一兩次該計畫的名稱，有點像班格食品公司……」瑪蒂達夫人尋思道。

「是消化劑嗎？」

「和消化好像一點關係都沒有，好像是用嗅的，也許是種腺體吧。我們談了一堆事，我當時也不太懂。班格食品（Benger's Food）……班……班，第一個字是『班』，聽起來挺順耳的。」

「你就記得這些？」

「是啊。我們當時就是隨便聊，後來過了很久，他才告訴我說，他的『班計畫』是受我啟發的。之後呢，我遇爾會問他是不是還在進行班計畫，有時他會很不高興地說沒有，因為計畫受阻，做不下去了，計畫……嗯，接著他說了一串術語，我記不住啦，就算我記得，說出來你也聽不懂。可是最後——噢，天啊，都是八、九年前的事了——某天他跑來問我：『你還記得班計畫嗎？』我說當然啦，你還在做嗎？他說沒有，而且決定就此束之高閣。我表示很遺憾他就這樣放棄了，他說：『放棄這個計畫不是因為我做不到，現在我知道成果是可以做出來的，我知道問題在哪裡，也知道怎麼解決。我有莉莎一起幫忙，實驗真的能成功。』那我就問啦：『你到底在擔心什麼？』他說他不知道實驗出來會對人們造成什麼後果，我問他是不是怕會致死或被拿來當成武器，他說：『不，不是這種問題。』哎呀！我想起來了，薛漢稱它為『班福計畫』，取英文『愛心』（Benvolent）前兩個音。」

「愛心！」上將驚呼說，「你是指慈善事業嗎？」

「不，不，不，我想他是指使人類富於愛心，感受慈愛。」

「和平與彼此友善嗎？」

「他不是這麼說的。」

「那是留給宗教領袖說的。他們告訴你，若遵守他們的話，世界就能安詳和樂。薛漢不是在布道，他關在實驗室裡研究，想從純物理的方法達成想要的結果。」

「差不多是那樣吧。他還說，你永遠料不準什麼事對人有益或有害，他還談到盤尼西林、磺胺、心臟移植，還有給婦人服用的藥丸等東西，雖然那時我們還沒有避孕藥。你也知道，有時被捧為靈丹妙藥的東西，後來就跑出副作用來了，搞得你寧可沒有這種藥，或不曾研究過。他大概是想跟我講這類的事吧，他的話真的很難懂。我問他：『你是說你不想冒這個險是不是？』他說：『沒錯，我不想冒這個險。問題就在這裡，我根本連它危險在哪裡都不知道……我們科學家就是這麼可悲。我們冒了險，但風險根本與我們的發明無關。某些人要將它用到邪途上，我又有什麼辦法？』我說：『我可沒提到核武和原子彈，是你自己又提起的。』他說：『去他的核武和原子彈，我們做的東西遠遠超過那個。』

「我說：『但假如你們是要使人變好、變得有愛心，那有什麼好擔心的？』他說：『你不懂，瑪蒂達，你永遠也不會懂。我的同事，還有那些政客也永遠不會懂。這個風險太大了，冒不得，得三思再三思。』

「『可是你可以再讓他們復原吧？就像笑氣一樣，讓他們善良一陣子，然後再恢復正常……或不正常。哎呀，隨你怎麼說啦！』可是他說：『不行，因為這效果是永久性的，因為它會影響到……』他又開始講起術語來了，長長的字眼和大串數字、各種公式或分子變化之類的東西。我看八成和治療低能症相似，我忘了是幫患者注射還是抽出甲狀腺素了，反正藉此抑制患者成為低能者就對了。好像是人體內具有某種腺體吧，如果把腺體拿掉或找出來或在上頭動手腳，人就會永遠的……」

「永遠的有愛心？你確定是愛心嗎？」

「是啊，所以才簡稱『班福計畫』。」

「他的同事對他的退出有什麼看法？」

「我想他沒讓多少人知道，莉莎是奧地利女孩，陪他一起研究。另外還有一名叫利登瑟之類的年輕人，後來患肺結核死了。其他人都僅是助手，對他的計畫好像不很清楚。我知道你為何這麼問了。」瑪蒂達突然說，「我不認為他跟別人提過這項計畫。我猜，薛漢決定撤手時，一定把所有公式、筆記或實驗紀錄全銷毀了。後來他就中風病倒了，可憐的薛漢現在連話都說不清，他半身麻痺，但能聽得很清楚，所以平常就是聽聽音樂。這就是現在他全部的生活。」

「你想他畢生的研究就這樣結束了嗎？」

「他連朋友都不見。見到朋友也許會令他痛苦吧！他總是找藉口推託。」

「不過他還活著，」布倫特上將說，「你有住址嗎？」

「我通訊錄裡有，他還住在原來的地方，蘇格蘭北部。噢，他原本真的是個很好的人，可是現在不然了，他幾乎等於死了，沒有理想，沒有目標。」

「希望是永遠存在的，」布倫特說，「還有信念和信心。」

「我想，應該還有愛心吧。」瑪蒂達夫人說。

21 班福計畫

戈特黎教授坐在椅子上凝視對面那位年輕漂亮的女子。他習慣性地搔搔耳朵，一副猴樣，不過他本來就長得有點像猴子：下巴尖長、前額高削、顏面枯瘦。

戈特黎教授開心地表示：「年輕小姐帶著美國總統的信來找我，這種事不是天天有……不過做總統不見得知道他們在做什麼。您找我到底有什麼事？要動用到最高層的推薦？」

「我是來向你請教知不知道有關班福計畫的事，你能提供一些資訊嗎？」

「你真的是蕊妮塔女爵嗎？」

「理論上如此，但很多人都叫我瑪麗安。」

「沒錯，他們另一封信上也是這樣寫。你想知道班福計畫是嗎？嗯，的確有過這個計畫，可是已經胎死腹中而且被塵埋了，我想當初研究這個計畫的人也一樣。」

「你是指薛漢教授。」

「沒錯，羅伯特．薛漢。這個時代最偉大的天才之一，另外還有愛因斯坦，丹麥物理學家尼爾斯．波爾和其他幾位。可惜薛漢死得太早，這真是科學界的損失。」

「他還沒死呀！」瑪麗安說。

「哦，你確定嗎？很久沒有他的消息了。」

「他只是半身麻痺而已，現在住在蘇格蘭北部，不太能說話走路，大部分時間都在聽音樂。」

「嗯，我可以想像得到，那真好，如果他還能聽音樂，生活應該不至於太沉悶。不過那麼聰明的人什麼都沒辦法做，也實在太折磨了。」

「所以確實有班福計畫囉？」

「是的，薛漢對這個計畫非常熱中。」

「他跟你提過嗎？」

「研究初期他和我們幾個談過。小姐，你應該不是科學家吧？」

「不，我是……」

「你只是情報員，對吧？但願你選對邊站。我們現在都在期待奇蹟，但我不認為班福計畫能有什麼作用。」

「為什麼？你剛說薛漢很努力，這很可能是個偉大的發明或發現，不是嗎？」

「是的，那本來會是當代最偉大的發現。我不曉得問題出在哪裡，這種事常常會有，原來進行得好好的，後來就突然卡住了，最好只好放棄，或像薛漢一樣。」

「像薛漢怎樣？」

「把它毀掉，每個細節都不放過。這是他親口告訴我的。他把每個公式、每份相關報告和資料全都燒掉了。三個星期後，他就中風了。對不起，瑪麗安小姐，我幫不上忙。我從來不知道這項實驗的細節，只知道大概。我現在除了知道『班福』代表『愛心』的意思，連內容大概是什麼都忘了。」

22 胡妮塔

亞特曼爵爺正在口述一封信。

年輕時響亮而霸氣的聲音，如今已柔和許多，卻依然散發出無比的魅力。那聲音雖然蒼老，比起咄咄逼人的霸氣卻更能撼動人心。

克里柯正振筆疾書記下爵爺的話，偶爾停下筆來，等他繼續往下講。

亞特曼爵爺說：「理想主義通常始於反抗不義，這是在面對粗糙的物質主義時，自然會有的回歸。年輕人率真的理想性格，會渴望打破現代生活中的兩個層面……不義與粗俗的物質主義。他們想消滅邪惡，這種渴望有時會演變成為破壞而破壞，從而自暴力和痛苦中獲得快感。一些有領導力的有心人若從外部煽動，便能推波助瀾了。最初的理想本身尚未成熟，可以是要以建立新世界為目標，為人類的愛與福祉而建構。但若一旦愛上暴力手段，原本的理想就永遠不會成熟，永遠處於懵懂狀態，無法成氣候了。」

這時桌上的通話器響了。亞特曼爵爺做了一個手勢，克里柯起身去聽。

「魯賓遜先生到了。」

「噢，請他進來吧，這個稍後再寫。」

克里柯放下本子、鉛筆。

魯賓遜先生走進來，克里柯幫他搬來一張大椅子，好讓他坐得舒服。魯賓遜先生微笑致謝，在爵爺旁邊坐了下來。

「怎麼樣，」亞特曼爵爺說，「有沒有帶什麼新東西來呀？圖表？圓圈？還是泡泡什麼的？」

他看起來十分愉快。

「不完全像，」魯賓遜靜靜說道，「這次的像是河道。」

「河道？什麼樣的河流？」

「金錢河，」魯賓遜先生提到他的專業，語氣習慣性地稍顯婉轉。「真的很像一條河，錢從一頭流進來，必然會流向某處。真的很有意思，如果你對這些事感興趣的話，可以瞧出許多端倪。你們要知道……」

克里柯一副沒聽懂的樣子，但亞特曼爵爺則說：「我知道，繼續說。」

「這些錢由斯堪的那維亞、巴伐利亞、美國以及東南亞等地流進來，還沿途吸納，流向……」

「流向哪裡？」

「主要流往南美，流到現在已祕密建立的武裝青年軍總部……」

「而且像你給我們看的那個交集圖，代表軍備、毒品、化學武器以及金融的圈圈，是不是？」

「是的，我們現在已經知道是誰在操控這些團體了……」

「那麼代表J的那個圈圈呢？」克里柯問。

「我們還不確定胡妮塔是誰。」

「克里柯對這件事倒有些看法，」亞特曼爵爺說，「我希望他猜錯了。J這個字母實在有意思，它代表什麼……正義？還是判斷？」

「一個歹毒的殺手，」克里柯說，「雌性的動物往往比雄性動物還要危險。」

「歷史上便有很多先例。」亞特曼爵爺說，「聖經中，雅爾用釘子刺了前來避難的西西拉；茱蒂絲殺死了霍羅福尼，受族人稱許。」

「所以你覺得你知道胡妮塔是誰？有意思。」魯賓遜先生說。

「哦，也許我猜錯了，但很多事讓我想到……」

「是的，」魯賓遜先生說，「我們都得去考慮，不是嗎？你最好把心裡的話講出來吧，克里柯，你懷疑是誰？」

「蕊妮塔・澤柯斯女爵。」

「理由呢？」

「她去過的地方、接觸過的人，裡面有太多巧合令人生疑了。她去過巴伐利亞，見過老夏洛特，而且還帶史鐸夫同行，這是最明顯的……」

「你認為他倆是同謀？」亞特曼問。

「我不敢那樣說，我對史鐸夫的認識有限，可是……」他停住不說了。

「是的，」亞特曼爵爺說，「我們是在懷疑他，從一開始就懷疑他。」

「是霍沙姆在懷疑他嗎？」

「他也許是其中之一。我想派克韋對他也沒把握，我們一直在監視他，史鐸夫大概也曉得吧，他又不是呆子。」

「又一個叛賊，」克里柯蠻橫地說，「虧我們栽培他們、信任他們、將我們的祕密和計畫告訴他們，結果呢，這個史鐸夫！」

「史鐸夫是被瑪麗安或胡妮塔牽著鼻子走的……」魯賓遜表示。

「法蘭克福機場的事就很有問題，」克里柯說，「還有他們跑去拜訪夏洛特的事，我看史鐸夫八成和瑪麗安同行，至於瑪麗安……我們知道她現在在哪裡嗎？」

「我想魯賓遜先生知道。」亞特曼爵爺說，「你知道吧？」

「她在美國。聽說她在華盛頓朋友家待了幾天後，跑去芝加哥、加州，然後從奧斯汀去拜訪一位科學家。這是我聽到的最新消息。」

「她去那兒幹嘛？」

「應該是去找情報吧。」魯賓遜緩緩說。

「什麼樣的情報？」

魯賓遜嘆口氣。

「我要是知道就好了。應該是一項我們很想得到的情報吧，她是去為我們查探的。可是誰曉得，說不定她是幫敵方查的。」

他轉身看著亞特曼爵爺。

「您今晚要去蘇格蘭是嗎？」

「沒錯。」

「我覺得爵爺不該去，」克里柯焦慮地看著老闆說，「爵爺，您的身體最近實在不太好，不管搭飛機或火車，都會很累，難道不能交給門羅或霍沙姆去辦嗎？」

「到我這把年紀再來顧及身體已經沒用了，」亞特曼爵爺說，「如果我還有點用，我寧可戰死沙場。」

他對魯賓遜笑著說：「你最好跟我們一起去。」

23 蘇格蘭之行

中隊長實在不知此行的目的何在，不過他對這種一知半解的任務早就習以為常了。想必又是一次機密任務吧？這種差事他不只幹過一次了。把一群身分奇特的人，送到奇怪的地點，而且還得小心地不去問任何問題。他認得其中一部分人，當然不是全部。亞特曼爵爺他是認識的，但他似乎已經病入膏肓，僅靠著求生意念在支撐他那脆弱的軀體。旁邊那位長相凶悍的男人應該是爵爺的心腹，看他一副忠心護主、片刻不敢稍離的模樣。他隨身帶著補品、興奮劑等，藥箱裡一應俱全。中隊長心想，他們幹嘛不帶個隨行醫生，以防萬一？老人的情況看來的確很不妙。霍沙姆則是中隊長最熟的了，還有門羅上校，他今天看起來沒有平時凶，反而有些憂色，這票人心情好像都不怎麼樣。其中還有一個臉色蠟黃的胖子，應該是外國人，是亞洲人嗎？他跟著跑到蘇格蘭北邊幹嘛？中隊長恭敬地問門羅上校：「都準備好了嗎，長官？車子已經在等了。」

「這趟路有多遠？」

「十七英里，路況不太好，但也不致太糟。車裡有多出來的毛毯。」

「你接到命令了嗎？請複誦一遍，安德魯中隊長。」

中隊長依令複誦，上校滿意地點點頭，車子終於開了，中隊長看著車揚長而去，心想這些人為什麼要風塵僕僕地越過荒野，去古堡中探訪一位息交絕遊的病人。霍沙姆一定知道很多奇怪的事，只是他不可能跟他說。

車子平穩地開著，最後來到鋪著碎石的車道上，停在一處門廊前面。這是一座巨石蓋成的塔樓，大門兩側懸著燈火，他們不用按鈴，門就自動開了。

一名六十開外，一臉冷峻的蘇格蘭老婦站在門口，司機幫著扶出車內的乘客。

克里柯和霍沙姆合力將爵爺攙上台階，老婦恭候在旁，向他屈膝行禮說：「晚安，爵爺。主人正在等您，他知道您來了。房間都已備妥，壁爐也都生好爐火了。」

另一個人出現在大廳裡，那是一位身材高瘦、五十多歲、風韻猶存的婦人。她一頭烏髮由中而分，額頭飽滿，有著鷹鉤鼻和棕褐色的皮膚。

「這是照顧您的紐曼小姐。」蘇格蘭老婦說。

「謝謝你，珍妮特，」紐曼小姐說，「別讓臥室的爐火熄了。」

「好的。」

亞特曼爵爺握住紐曼小姐的手。

「晚安，紐曼小姐。」

「晚安，爵爺。希望這趟旅行沒累著你。」

「我很好。這是門羅上校，魯賓遜先生，克里柯爵士，還有安全局的霍沙姆先生。」

「我記得霍沙姆先生，我們幾年前見過。」紐曼小姐說。

「我也記得，」霍沙姆說，「那時候你還在利文森基金會，好像已經是薛漢教授的祕書了，對吧？」

「我最早是擔任他的實驗助理，後來才當上祕書。現在我還是他的祕書呀，因為他還需要我，而且他還需要一位護士，不過她們來了之後總是待不久，現在這位艾莉斯小姐兩天前才來頂替布德小姐。我請她待在附近，以備不時之需。我想大家都想保有隱私，但需要時，她應該能隨傳隨到。」

「教授的狀況很糟嗎？」門羅上校問。

「他其實沒受太多苦頭，」紐曼小姐說，「不過如果你很久沒見過他，最好還是有點心理準備，他不太能自理了。」

「在你帶我們去看他之前，可否先請教一下，他腦筋還清楚嗎？能聽懂我們的話嗎？」

「噢，可以的，他的神智非常清楚，只是因為半身麻痺，所以口齒不清，而且得有人幫忙才能走路。至於腦力，我覺得並不比以前差，只是現在很容易疲倦而已。各位要不要先休息一下？」

教授臉上掠過一絲不耐的神色。

「這些他都知道，」魯賓遜先生突然說，「不用再重複這麼多事了，教授都曉得。」

魯賓遜問：「你還記得布倫特上將嗎？」

薛漢再次低下頭，歪斜的嘴角似乎有了一絲笑意。

「布倫特上將記得你很久以前做過一項研究……一個稱為班福計畫的研究。」

眾人看到薛漢露出警戒的眼神。

「班福計畫？」紐曼小姐說，「魯賓遜先生，那是很久很久以前的事了。」

「你也有參與，對吧？」

「是的，教授是有這麼一項研究計畫。」紐曼小姐儼然成了薛漢教授的代言人。

「我們沒辦法用核武、炸藥、毒氣或化武對付那些青年。不過我們可以使用你的班福計畫。」

眾人默默。最後薛漢教授再次用怪異的聲音打破沉寂。

紐曼小姐表示：「他說沒錯，班福計畫確實可以打破現在的僵局……」

薛漢轉頭對紐曼小姐說了一些話。

「他要我解釋給你們聽，」紐曼小姐說，「這是他研究多年的一項計畫，但最後因某些理由而放棄了。」

「是因為計畫失敗，無法實現嗎？」

「不，他沒失敗，」紐曼小姐說，「我們並未失敗，因為我也有參與。教授放棄是為了某些特殊原因，但計畫並未失敗，他成功了。研究方向很正確，教授慢慢研發，並做過各種實驗，計畫是可行的。」她轉身對薛漢教授打了一連串怪異的手勢。「我問他要不要讓我向各位解釋何謂班福計畫。」

「我們很想聽。」

「他想知道你們是從哪裡得到這個消息的。」

「我們是從教授的老友那裡聽來的，」門羅上校說，「不是布倫特上將，他已經記不清楚了。是瑪蒂達夫人，教授自己親口對她提的。」

紐曼小姐看著他蠕動的雙唇，笑道。

「他說他還以為瑪蒂達幾年前就過世了。」

「她還很硬朗哩，是她建議我們來向薛漢教授請教的。」

「薛漢教授會告訴你們重點。但他想先提醒各位，這些資料也許對你們毫無用處。由於所有文件、公式、臨床實驗報告全都銷毀了，所以我只能將班福計畫的內容口述給諸位聽，讓你們了解其概要。大家都知道警方在鎮暴時所用的催淚彈吧？目的在於讓對方不斷流淚，鼻腔刺痛。」

「班福計畫也是這類的東西嗎？」

「不，完全不一樣，但能達到同樣的效果。科學家想到，他們不僅可以改變人類的反應和感覺，也可以改變其性格。人的性格是可以改變的，使人情欲高張的春藥即為一例。還有許多藥物、氣體或腺體手術可以改變人的心理狀態，例如刺激甲狀腺就可以使人變得亢奮。薛漢教授想告訴各位的是，有一種特定方法——他不會告訴各位是以氣體或腺素——可以改變人的人生態度與觀點。就算他有嗜殺傾向或天生殘暴，在班福計畫的影響下，也可以脫胎換骨，變成另一個截然不同的人。我只能說，變得……富有愛心。他會想幫助他人，展現善心，對製造痛苦的暴力行為避之唯恐不及。只要能大量製造並有效地散布，班福計畫可以影響大幅地區，影響成千上萬的人。」

「它的效果能持續多久？」門羅上校問，「二十四小時？還是更長？」

「你不懂，」紐曼小姐說，「它的效果是永久性的。」

「永久性的？你們是藉著改變人身體上的某個組成分子，而改變其天性，造成永久的性格改變。可是你們沒辦法讓他回到原來的狀態嗎？效果真的就永遠固定下來了嗎？」

「是的。教授一開始只是基於醫學興趣而發現的，但他覺得可以用它來作戰、鎮壓示威與暴動。教授覺得這不僅僅侷限在醫學用途上，班福計畫並不能為施用對象帶來快樂，只能激發他為別人謀求快樂的欲望。他說這種感覺每個人一生中都可以體會到，希望帶給別人快樂、幸福、健康等。既然人類有這種感受，因此我們相信，人體中必然有某個部分在控制這個機制，一旦啟動了，它就永遠停不下來。」

「妙極了！」魯賓遜先生說。

他若有所思地說：「妙極了，真是一項了不起的發現，若是能啟用這種……可是為什麼？」

薛漢的頭緩緩轉向魯賓遜。紐曼小姐說：「他說你比其他人懂。」

「但這就是我們要的答案啊！」克里柯興奮地喊道，「答案就是它了，多妙啊！」他一臉興奮地說。

紐曼小姐輕輕搖搖頭說：「班福計畫是非賣品，也不能當禮物來贈送。它已經被銷毀了。」

「你的意思是，答案是『不行』？」門羅上校不解地問。

「是的，薛漢教授不肯，他認為這違背……」她停了一下，轉向椅子上的薛漢。教授又做出各種奇怪的手勢，喉嚨咯咯有聲。紐曼聽了一會兒後說：「他會自己告訴你們，他十分害怕，害怕科學的效用無可掌控，萬靈丹不會永遠是萬靈丹；青黴素救人也殺了人；心臟的移植使人類對死亡有了新的認識也產生了失望；他活在核分裂的時代，見識到核武的殺傷力；放射線的塗炭生靈；新工業造成的汙染。他害怕科學被人濫用，而帶給人類浩劫。」

「可是班福計畫對所有人都非常有益呀！」門羅叫道。

「許多事不也都如此嗎？原本是造福人類的奇蹟，後來副作用一一出現，甚至產生反效果。因此教授決定放棄這項計畫。」

在薛漢點頭表示同意後，她拿起一張紙唸道：「『我很滿意自己做了這項實驗，也很滿意自己的發現。但我決定不付諸生產，一定得將它完全銷毀，而我也已經這樣做了。我必須拒絕你們的要求，現在所有的相關文件、公式、筆記等早已化為灰燼。我已經將這個計畫摧毀了。』」

薛漢教授掙扎著用粗啞的聲音說：「我把我的發明摧毀了，世上沒有人知道我是如何做到的。我曾有一位助手，但他已經死了。在我們實驗成功後的一年，他死於肺結核。你們走吧，我無法幫助你們。」

「可是你可以用這套知識和方法拯救世界呀！」

椅子上的薛漢發出奇怪的笑聲。

「拯救世界！說得真好聽。那些年輕人不就自以為在做這件事嗎？他們以暴力及仇恨來拯救世界。他們不知該如何為之，但他們得親自動手，發乎內心，用自己的想法去做。我們沒辦法給他們『人工』愛心和善意，不行，那會變得不真實，也不具任何意義，因為違反了自然。」他緩緩說道，「也違反了上帝的旨意。」

最後那句話出人意料的清晰。

薛漢慢慢環顧眾人，彷彿想徵得他們的體諒，但同時心裡並不抱任何希望。

「我有權毀掉自己創造出來的東西！」

「我很懷疑，」魯賓遜先生說，「知識就是知識，當你給了它生命，當它既已經誕生，你就不能毀掉它！」

「你有權發表意見，但你必須接受事實。」

「你錯了！」魯賓遜喊道。

紐曼小姐憤怒地轉頭瞪著他。

「你這話是什麼意思？」

她的雙眼在冒火。多美的女人啊，魯賓遜心想，她愛了薛漢教授一輩子，愛他，和他一起工作，現在又全心看護著他，無悔無怨地奉獻出自己的智慧與感情。

「人在其一生歷程中，會了解很多事理。」魯賓遜先生說，「我不認為自己會長壽，第一，我實在太胖了。」他看看自己的啤酒肚，嘆口氣，然後接著說：「不過我確實知道一些事情。薛漢教授，你知道我是對的，而且你會承認我是對的，因為你是個誠實的人。你並沒有銷毀那些資料，對吧？你一定下不了手，你只是把它們鎖起來或藏在某處，可能不是在這屋子裡。我猜，這只是猜測而已，你一定把資料放在保險櫃或銀行的保險箱裡。紐曼小姐也知道，因為你信任她，她是世界上你唯一信任的人。」

薛漢教授開口了，這一次他的聲音頗為清晰。

「你到底是誰？是何方神聖？」

「我只是一個懂錢以及錢所衍生出來的事物的人。」魯賓遜先生說，「人類有其行事的特質，只要你願意，隨時可以重操早年放棄的研究工作。我不敢說現在你能做出同樣的成果，但我想所有的資料應該都還在。你已經把你的觀點告訴我們了，我不能說那全是錯的。

「你也可能是對的。」魯賓遜繼續說，「『造福人類』是很詭譎的一句話，可憐的經濟學家貝弗里奇不就一直倡導人有避開貧困、恐懼的自由嗎？他以為將這種理念付諸實現，便可創造出一座地球天堂。但這套學說並未打造出天堂，而我也不認為你的班福或什麼的（聽起來真像個專利食品）做得到。愛心和所有其他東西一樣具有危險性，它可以減少許多痛苦、政治混亂、暴力和毒品控制，是的，它可以避免許多壞事發生，也可能挽救一些重要的東西，有可能——僅僅是有可能而已——讓人們有所改變，讓年輕人有所改變。你的班福寶貝——我這下又把它說得像個專利清潔劑似的——能使人充滿愛心，我想也會讓人們變得謙遜而自足吧。不過如果你以外力改變人的本性，讓他們至死都按這種特性來行事，萬一有一兩個人——反正不多就是了——發現他們其實真的具備謙卑的天性，想要發自內心地在死之前改變自己，偏偏又無法擺脫你強加在他們身上的習性呢？」

門羅上校不耐煩地說：「你到底想說什麼？我半句也聽不懂。」

紐曼小姐說：「他是在胡說。請你們接受薛漢教授的拒絕吧，他有權處理自己的發明。」

「不！」亞特曼爵爺說道，「我們不會逼你也不會折磨你，薛漢，更不會強迫你說出收藏文件的地點。你有權按自己覺得對的方式去做。」

「亞特曼？」

薛漢教授快速變化手勢，紐曼小姐立即將他的意思轉達出來。

「他問您是亞特曼爵爺嗎？」

薛漢又說話了，再次透過她轉述：「亞特曼爵爺，他想問您，假如您能衷心保證若他將班福計畫託付予您，他說……」她停下來仔細聆聽。「他說，你是他唯一可以信任的外界人士，假如您希望……」

克里柯突然站起來，快如閃電地衝到亞特曼爵爺身邊。

「爵爺，讓我扶您坐好，你病了，臉色不太好。紐曼小姐，請你站開一點……我有帶他的藥來，我知道怎麼做。」

他從口袋掏出針筒。

「除非馬上打一針，否則就太遲了……」

克里柯抓起亞特曼爵爺的手，幫他捲起衣袖，用手指搓著老人青瘦的肌肉，然後拿好針筒……

但另外一個人也採取行動了。霍沙姆衝過來，將門羅上校推到一邊，伸手抓住克里柯的手，奪下針筒。克里柯奮力掙扎，但霍沙姆實在太壯了，接著門羅上校也趕上來了。

「原來是你，克里柯。」上校說，「你就是內奸，一個偽裝忠實的門徒。」

紐曼小姐奔至門邊，拉開嗓門大聲喊道：「護士小姐，快來，快來呀。」

護士來了，她很快地看了薛漢教授一眼，但教授揮手指著房間另一頭，只見霍沙姆和門羅仍押著掙扎不已的克里柯。護士的手伸入制服口袋中。

薛漢結巴地說：「是亞特曼，他心臟病突發。」

「心臟病個頭啦！」門羅上校吼道，「明明是謀殺。」

他突然閉上嘴。

「這傢伙交給你。」

他對霍沙姆說，然後一個箭步衝過房間。

「柯曼夫人？你什麼時候當起小護士來了？上次在巴爾的摩讓你溜掉後，就失去你的蹤跡了。」

梅莉仍在掏口袋，最後拿出一支小型自動手槍。她瞄向薛漢，但門羅上校擋住了她，紐曼小姐也護在薛漢身前。

克里柯叫道：「打亞特曼，胡妮塔！快，打亞特曼！」

她手臂一揚，只見槍口火花一閃。

克里柯叫道：「射得好！」

溫文儒雅的亞特曼爵爺看著克里柯，用微弱的聲音說：「原來是你？你就是刺殺凱撒的布魯特。」

然後他身子一軟，癱在椅子上。

§

麥卡洛醫師環顧室內，不太確定該做什麼或說什麼，今晚的經歷對他來說頗不尋常。

紐曼小姐走過來，在醫師身邊放了杯東西。

「是熱棕櫚酒。」她說。

「你真是一個不可多得的女人。」他感激地啜著酒說。

「我實在很想知道發生了什麼事，可是我猜事態機密，不會有人告訴我，對吧？」

「教授他……還好嗎？」

「教授啊？」醫師看著她焦急的臉，柔聲說：「他很好，我覺得這事對他很有好處。」

「我擔心他受到驚嚇會……」

「我很好，」薛漢開口了。「我正是需要受到驚嚇，我覺得……怎麼說呢？我覺得渾身又充滿活力了。」他一臉驚奇地表示。

醫師對紐曼小姐說：「你聽他聲音是不是有力多了？這類患者最大的敵人其實就是自暴自棄。他想重拾工作，就讓他的腦袋受受刺激吧。音樂也很好，使他能保持平靜，享受生活的恬適。但他其實是個腦力活動旺盛的人，那是他的生活重心，也是他十分想念的。可以的話，協助他再度開始工作吧。」

紐曼小姐狐疑地看著醫生，醫生對她點點頭表示鼓勵。

醫生走了。室內一片沉寂。

薛漢教授緩慢清晰地說道：「恢復工作……」

紐曼小姐則說：「你一定得小心慢慢來才行啊！」

「不，不能慢慢來，我的時間也許不多了。」

他停了一會兒又說：「追悼……」

「你是指什麼？你剛剛也說了一次。」

「追悼嗎？是的，追悼亞特曼爵爺。他真是一位為理想獻身的烈士。」

薛漢教授似乎浸淫在自己的思緒中。

「得想辦法找到戈特黎，也許他已經死了。他是位好夥伴，還有你，紐曼，把那些東西從銀行裡提出來吧。」

「戈特黎教授還活著，」魯賓遜說，「他在德州的貝克基金會。」

「你想做什麼呀？」紐曼小姐問。

「當然是班福計畫呀！以追悼亞特曼爵爺，他是為這個計畫而死的，不是嗎？不應該有人白白犧牲！」

尾聲

史鐸夫爵士第三次謄寫電報內容。

婚禮將於下週日下午兩點半，於史托頓村的聖克里斯多福教堂舉行。教堂提供英國國教儀式，若想採羅馬天主教或希臘正教儀式，請給予指示。你在何處？婚禮上想採用哪一個名稱？五歲淘氣小姪女西蓓堅持要擔任女儐相。蜜月排定在附近度過，因為我們最近跑過太多地方了。

法蘭克福過客筆

回電如下：

同意西蓓擔任女儐相。建議由瑪蒂達嬸婆擔任女方主婚人。雖非正式求婚，暫訂接受。儀式任選，蜜月亦同。另務必攜帶熊貓同行。不知你讀此電文時，我將置身何處，亦不便相告。

瑪麗安筆

§

「我看起來還可以嗎？」史鐸夫緊張地在鏡子面前探頭探腦地問。

他正在試穿結婚禮服。

「不會比別的新郎難看啦，」瑪蒂達夫人說，「新郎總是很緊張，不像做新娘的總是喜孜孜的！」

「萬一她不來怎麼辦？」

「她會來的。」

「我覺得，我覺得……肚子怪怪的。」

「大概是晚餐的鵝肝吃多了，這是新郎的正常反應，別大驚小怪，史鐸夫。等到了晚上……我的意思是等到了教堂你就會沒事了。」

「噢，對了，我想起來了……」

「怎麼？結婚戒指忘了買嗎？」

「不是啦，我差點忘了告訴你，我還有一件禮物送給你，嬸婆。」

「噢，你這孩子可真乖。」

「你說教堂的司琴走了？」

「是的，謝天謝地。」

「我幫你帶了一位新的司琴來了。」

「真的嗎？史鐸夫，那真是太棒了！你在哪裡找到的？」

「巴伐利亞，他的歌聲跟天使一樣。」

「我們又不需要他唱歌，他得彈風琴才行呀！」

「他會的，人家是位多才多藝的音樂家哩。」

「他為什麼不留在巴伐利亞，要跑到英國？」

「他母親去世了。」

「噢，天哪，這些司琴是怎麼啦？他們的母親怎麼都那麼脆弱。他還需要母親照顧嗎？這方面我可是不行的喲。」

「母親不必，有個祖母或曾祖母就夠了。」

門突然被撞開，一個天使般身著粉紅睡衣、渾身散發玫瑰花香的小女孩闖進來了。她用甜美嬌嫩的聲音說：「是我啦。」

「西蓓，你怎麼不去睡覺？」

「房間裡不好玩。」

「那就是說你又調皮搗蛋惹奶媽生氣了，是不是？你又做了什麼？」

西蓓望著天花板，開始咯咯咯地發笑。

「是毛毛蟲，有毛的那種喲。我把蟲蟲放到她身上，蟲蟲就爬到這裡。」西蓓指著胸口中央說。

「難怪奶媽要生氣……」

這時奶媽進來了，她說西蓓小姐太興奮了，不肯乖乖祈禱，也不肯上床睡覺。

西蓓爬到瑪蒂達夫人身上。

「我要跟你一起祈禱，婆婆……」

「好，可是祈禱完要馬上去睡覺喔。」

「好啦。」

西蓓跪下來，小手合十，嘴裡喃喃有聲，暖身了半天。她嘆口氣，呻吟一下，最後才咕噥噥地說：「親愛的上帝，請你保佑在新加坡的爸爸媽媽，還有婆婆，還有史鐸夫叔叔，還有艾美、廚師、艾倫、托馬斯，還有所有的狗狗和我的小馬格利茲，還有我的好朋友瑪格麗特和黛安娜，還有最後一個好朋友瓊恩，還有請保佑我做一個乖女孩，阿們。還有，上帝先生，請你叫奶媽不要太凶。」

西蓓站起來，得意地對奶媽扮了鬼臉，然後道聲晚安，一溜煙地跑走了。

「真該有人把班福計畫用在她身上，」瑪蒂達孀婆說，「對了，你的男儐相是誰？」

「我都忘了，一定要有嗎？」

「通常都有的。」

史鐸夫爵士抓起一個小小的、毛茸茸的玩具動物。

「熊貓當我的男儐相就可以了。這樣西蓓高興，瑪麗安也高興。真的，這傢伙從一開始，從法蘭克福起，就一直在我們中間……」

專文推薦

藏在日常細節中的冒險

楊照（作家）

一開始，就都在那裡了。

一九二〇年，阿嘉莎．克莉絲蒂出版了《史岱爾莊謀殺案》，神探白羅就已經退休了。而且在這個案子裡，藉由敘述者海斯汀的轉述，就鋪陳出克莉絲蒂小說最基本的偵探原則：

「那些看來或許無關緊要的小細節……它們才是重要的關鍵，它們才是偉大的線索！」

「豐富的想像力就像洪水一樣，既能載舟亦能覆舟，而且，最簡單直接的解釋，往往就是最可能的答案。」

「沒有任何謀殺行為是沒有動機的。」

還有，一個不討人喜歡的死者，一群各有理由不喜歡死者、因而也就都有殺人動機的人，這些人彼此之間構成複雜的關係，有的互相仇視，有的互相愛戀，麻煩的是，有些愛人其實貌合神離，有些仇人其實私下愛慕；更麻煩的是，不論是愛或是仇，都有可能是扮演出來的。

一個外來的偵探必須周旋在這些嫌疑者之間，從他們口中獲取對於案情的了解，換句話說，他必須在很短的時間內，搞清楚誰是誰、誰跟誰吵架、誰跟誰偷情，然後判斷誰說的哪一句是實話、哪一句是謊言。常常謊言比實話對於破案更有幫助。

再偷偷透露一下，如果要和小說裡的凶手及小說背後的作者鬥智，就像克莉絲蒂對英國社會的了解，祕訣就在於要去追究小說裡的人物背景，尤其是他們的階級地位。基本上，階級地位愈高、權力愈大、愈有錢者，說的話就愈不要相信。例如在《史岱爾莊謀殺案》中，僕人、園丁說的話遠比有頭有臉的人說的要可信多了。就算要說謊，他們的謊言也比較天真，而且往往出於善良動機。當你歸納線索時，就會知道他們並非故意說謊，那是因為他們的認知受到蒙蔽或誤導，而你慢慢就從這蒙蔽或誤導中被引導到真相。

《史岱爾莊謀殺案》出版那年，克莉絲蒂三十歲，但書稿其實早在五年前就寫好了，畢竟要找到有人願意出版一個看來再平凡不過的家庭主婦寫的小說，並不是那麼容易。

所有和克莉絲蒂接觸過的人，都對於她的「正常」留下深刻印象。她看起來就和她那個年紀的典型英國家庭主婦一樣，害羞、靦腆，只能在社交場合勉強跟人聊些瑣事話題，完全無法演講，甚至連只是站起來對眾賓客說幾句客套話，請大家一起舉杯，她都做不到。她不演講，也很少答應接受採訪，就算採訪到她也很難從她口中得到有趣的內容。她會講的，幾乎都是記者本來就知道、或者自己就可以想得出來的。

例如說白羅這個神探的來歷。克莉絲蒂回答：他應該是個外國人，這樣就能在英國日常生活中看出英國人自己看不出的線索。她自己碰過的外國人，只有第一次大戰剛爆發時到英國避難的比利時人。比利時警察怎麼能跑到英國來？那一定是因為他已經退休了。他有潔癖，所以對於現場會有特殊的直覺，馬上感受到不對勁的地方。一個有潔癖的人，好像應該長得矮小些才相稱，一個矮小有潔癖的人最適當的名字，就是希臘神話裡的大力士「赫丘勒斯（Hercules）」，製造出荒唐的對比趣味。那白羅這個姓是怎麼來的呢？克莉絲蒂很誠實地說：「我不記得了。」

一切都如此順理成章，一切都如此合邏輯，不是嗎？有記者問她怎麼看自己的舞台劇〈捕鼠器〉，創下了英國劇場、甚至全世界劇場連演最多場紀錄的名劇？克莉絲蒂的回答也還是中規中矩，合理合節：那是一齣小戲，在一個小劇院演出，成本很低，任何人想到了都可以帶家人或朋友去看，老少咸宜，並不恐怖，也不特別荒謬打鬧，可是又什麼都有一點，包括恐怖和荒謬打鬧的成分。

她的身上找不出一點傳奇、怪誕色彩，那她為什麼能在五十年間持續寫偵探小說，創造了那麼多謀殺，還創造了那麼多詭計？

首先因為她是女性，以及她的身世，包括她的階級身分，使得她在描寫故事場景時比一般男性作者來得敏感。因為在她之前的偵探推理小說男性作家的階級身分都是高高在上，基本上他們會從較高的角度看社會，比較看不到底層的感受。

而她的婚變以及婚變中遭逢的痛苦，都使她更能體會與觀察，將英國社會的複雜細節融入小說的核心情節，讓探案與線索分析結合在一起。

克莉絲蒂一生結過兩次婚，第一次在一九一四年，婚後不久，丈夫就參加了歐戰，是英國皇家空軍最早一批飛行員。一九二六年，這個丈夫有了外遇，直率地向克莉絲蒂要求離婚，在那之前，克莉絲蒂的媽媽才剛過世，雙重打擊之下，又遇到車子無法發動，克莉絲蒂崩潰了，她棄車而走，忘記了自己究竟是誰，躲進一家鄉間旅館，登記時寫了她心裡唯一有印象的名字——她丈夫情婦的名字。

離婚後，一次在晚宴中，有人提起近東烏爾考古的最新收穫，克莉絲蒂就取消了原定要去西印度群島的計畫，改訂了跨越歐洲到君士坦丁堡的「東方快車」，是的，就是這趟旅程給了她寫《東方快車謀殺案》的靈感。不過更重要的是，在烏爾，她認識了一位年輕的考古學家，比她小十四歲，這個人後來成了她的第二任丈夫。

這位考古學家陪她去參觀在沙漠中的烏克海迪爾城，卻在沙漠中迷路困陷了。幾小時中克莉絲蒂卻沒有一點驚慌不安，當下考古學家就決定要向她求婚。

原來，克莉絲蒂的內心是有這種冒險成分的。要不然她不會兩次選到的，都是喜愛冒險的丈夫，而她本身大概也不會吸引一個在各種危險情境下挖掘古代寶藏的人，讓他願意向一個大他十四歲的女人求婚。

這樣說吧，維多利亞時代後期的英國環境，壓抑限制了克莉絲蒂冒險、追求傳奇的內在衝動，她只好將這樣的衝動寄託在丈夫和寫作上。她一邊陪著第二任丈夫在近東漫走，一邊在小說中寫各式各樣的謀殺與探案。謀殺和探案都是冒險，還有，偵探偵查中做的事——蒐集線索，還原命案過程——其實和考古學家的考掘，如此相似！

克莉絲蒂寫得最好的，正是「藏在日常中的冒險」。她個性中的雙面成分，造就了特殊的偵探魅力。既嚮往非常傳奇，卻又有根深柢固的日常邏輯信念，兩者都在克莉絲蒂的小說中扮演了重要角色。她的謀殺案幾乎都和日常習慣緊密編織在一起，日常環境成了凶手最重要的掩護。有些日常規律明顯地被破壞了，讓我們很自然以為那會是謀殺的線索，沿著這些線索形成了閱讀中的推理猜測，然而白羅早就提醒了，真正重要的反而是那些「細節」，也就是看來像是依隨日常邏輯進行的事，或說藏在日常邏輯中因而不被看重的事，那裡要嘛藏著凶手的核心詭計、煙幕，要嘛藏著凶手致命的破綻。

凶案的構想，就是如何讓異常蓋上日常、正常的面貌，又如何故意將日常、正常予以扭曲，製造假象；那麼偵探要做的，就是如何準確地在日常中分辨出真正的異常，將假的、明顯的異常撥開來，找出細節堆疊起來的異常真相。

此外，克莉絲蒂的小說裡隱藏著極其曖昧的情感價值觀，最典型、最有名的就是《東方快車謀殺案》。透過追查過程，讓讀者知道為什麼凶手要訴諸於這種手段，其動機具有可同情之處，再加上克莉絲蒂對身分階級的觀察，她比較相信或讓讀者相信那些沒有權力、地位的人，隨著偵查節奏去認識可能或必須懷疑的人。克莉絲蒂最擅長營造「多重嫌疑犯」的小說特質，因為讀者在閱讀時必須被迫去認識很多不一樣的人。在她最受歡迎的作品，大概都具備這樣的特質。

當然，她的作品中還有兩個最突出的神探，即白羅和瑪波。白羅是比利時人，但為什麼必須是外國人？這是因為英國人具有高度階級意識，這種觀念一路滲透到所有互動細節，包括人與人之間如何說話。而白羅因為不是英國人，他會發現一般英國人不太看得出來的東西，以及兩個人互動的方法哪裡不正常。至於瑪波為什麼得是老太太？她一如那個年代的老人家，總是靜靜坐著打毛線，因為不起眼，自然讓人放鬆防備，所以瑪波探案的線索都是來自於這樣的互動模式。

然而，白羅有很明顯的優勢，瑪波的身分使她基本上只能進行「靜態」的辦案，案子的空間受到侷限，白羅卻可以跨越各種空間，恣意揮灑。而且白羅擁有警官身分，可以合理出現在各種犯罪現場，瑪波能出現的地方，相形之下就勉強、不自然多了。白羅是明白的outsider，在英國，只要他出現，就會覺得有外人在而感到緊張，於是很容易露出平常不會表現的行為；瑪波則看起來是insider，但實質上是outsider，因為總是沒人發現她、當她空氣人。這兩人的探案，是兩個極端。雖然讀者最愛白羅，但克莉絲蒂自己偏愛瑪波勝於白羅。

不管後來的偵探、推理小說發展了多少巧妙詭計，克莉絲蒂卻不會過時，因為她的推理如此密切地和日常纏繞在一起；活在日常中，我們就無可避免被克莉絲蒂的「日常細節推理」吸引，隨時讀來都充滿驚奇趣味。

名家盛讚克莉絲蒂（依推薦時間排序）

金庸（作家）

克莉絲蒂的寫作功力一流，內容寫實，邏輯性順暢，也很會運用語言的趣味。閱讀她的小說，在謎底沒有揭露之前，我會與作者鬥智，這種過程非常令人享受。其作品的高明之處在於：布局的巧妙完全意想不到，而謎底揭穿時又十分合理，讓人不得不信服。

詹宏志（作家、PChome 網路家庭董事長）

推理小說在從先輩柯南．道爾等人的發明中出現力量時，誕生了一位《天方夜譚》故事中每天說故事說個不停的王妃薛斐拉．柴德，也就是「謀殺天后」克莉絲蒂，整個世界對聽這些故事才有如此的熱情。他們捨不得睡覺，每天問後來還有嗎、還有嗎，永遠不肯離去，這就是克莉絲蒂對推理小說的最大貢獻。

可樂王（藝術家）

所謂「克莉絲蒂式」的推理小說，就是一場和一個天才的寫作者或高明的恐怖份子在紙上捕掠捉殺的戰事。即便是一列火車、一處飯店或一間酒吧，在克莉絲蒂寫來皆充滿神祕和猜謎。在人生適合的下午裡，我總是一面嚼著口香糖，一面跟著矮子偵探白羅穿梭謀殺現場，克莉絲蒂的推理作品無疑是推理世界中最充滿「魔術性」的小說。

吳若權（作家、節目主持人）

我從小就對推理小說情有獨鍾，克莉絲蒂一系列的作品尤其令我愛不釋手。多年來，閱讀推理小說的經驗讓我覺悟：讀者在文字情節中推展開來的驚嘆，不只是因緣於故事的本身，而是自我性格的投射。從這個觀點來看克莉絲蒂一系列的作品，她簡直就是洞徹人性的算命師。而讀者，在她的文字中，發現了自己無可奉告的命運。

藍祖蔚（國家電影及視聽文化中心董事長）

做過藥劑師，難免懂得毒藥；嫁給考古學家，難免也就嫻熟文明的神祕；再加上曾經失蹤九天，一切不復記憶的離奇經驗，的確提供了寫作靈感，但若少了想像力，那些片羽靈光縱使辛辣如辣椒，卻不足以成菜。

推理小說重布局、重人物描寫，克莉絲蒂最厲害的卻是犀利的人性觀察，她一手創造的白羅探長，潔癖個性完全和她相反，更將她所憎厭的人格特質集於一身，殊不知，唯有不對著鏡子寫作，才能夠跳出框架與制式反應，開闢無限寬廣的新世界，建構多面向的詭異迷宮。

看完她的小說，你只會更加訝異，到底是什麼樣的心靈才能成就這般視野？

李家同（作家、前暨南大學校長）

克莉絲蒂的整體布局十分細膩，最後案情也都講解得非常詳細，回頭去看，在書中都找得到線索。故事的情節與內容也很好看，不是像一個流氓在街上被殺掉那麼單調。……看小說應該要花腦筋、要思考，從小就要養成思辨的能力，看她的小說，就是對邏輯思考能力極佳的訓練。

袁瓊瓊（作家）

雖然被公認是冷靜理性的謀殺天后，但是在理性之下，克莉絲蒂的底色依舊是感情。克莉絲蒂很明白，所有的慾望之後，都無非是某種愛情。在以性命相搏的犯罪世界裡，凶手以終結他人的性命來遂私欲，不過是為了成全自己的愛，或者是成全自己的恨。

鄧惠文（精神科醫師）

以推理小說作家而言，克莉絲蒂的風格相當獨樹一格。她的偵探在辦案時，靠的不光是科學證據的搜集，而是大量運用犯罪心理學，及對人性的深刻了解。例如在《五隻小豬之歌》中，白羅便是藉由聽取嫌疑犯訴說案情時所不自覺顯露的主觀意識及中心思想，而看出其中破綻，找出真凶。白羅是靠腦袋辦案，以心理層面去剖析案情，即使人們敘述的是同一件事，他可以聽出不同角色因出發點及看待角度不同所透露的情緒觀感，從而抽絲剝繭，還原事實真相。

克莉絲蒂所塑造的人物也生動且各具特色，不同個性所出現的情緒反應描寫，皆細膩而準確，讓讀者產生豐富的想像空間，一展卷便欲罷而不能。

吳曉樂（作家）

克莉絲蒂使用的語言平易近人，主要是以角色與情節的對應來斧鑿出故事的深度，堆疊出讓讀者回味的迂迴空間。而她筆下的角色往往性別、階級、性格、族群各異，塑造出多元又豐富的人物群像。

文學作品不問類型，若要流傳於世，最終仍得上溯至「人性」的理解與反思。而阿嘉莎．克莉絲蒂的作品中，我們可以看到人類屢屢得和自己的人生討價還價，或千方百計讓主

石芳瑜（作家、永樂座書店店主）

布局細膩、處處留下線索，破案解說詳細，說明了這位安靜、害羞的推理小說女王心思縝密，且充滿想像力。密室殺人，完美犯罪，《東方快車謀殺案》不愧為古典推理小說的經典。再加上神祕的東方色彩，隨著火車抵達的迫切時間感，連非推理小說迷都會神經拉緊，讀完大呼過癮。

家庭主婦缺少人生經驗？處女座的阿嘉莎．克莉絲蒂充分展現她過人的寫作天分，靠得是從小開始的閱讀，以及對偵探小說的著迷。三十歲寫下第一本偵探小說《史岱爾莊謀殺案》的克莉絲蒂，在那個時代並不能說是「早慧」，但寫作生涯五十五年中，共創作了八十部偵探小說，卻令人難以企及。這位害羞靦腆的小說女神，大概是相信只要有足夠的理由，每個人都有殺人的可能！

余小芳（暨南大學推理研究社指導老師、台灣推理作家協會常務理事）

學生時代加入推理社團，社課指定讀物便是經典作品《一個都不留》，成為我對克莉絲蒂的初步印象，自此沉浸於推理小說的世界。隔年寒假陪同學參與轉學考，在斜風細雨的走廊中，滿足讀完《東方快車謀殺案》。隨著歲月遠走，已昇華成趣味回憶。

踏入推理文學領域需要認識的作家，阿嘉莎．克莉絲蒂絕對名列其中，她的作品常有英國小鎮風光、莊園式的謀殺、設備豪華的交通工具等，還有特色鮮明的偵探活躍其中。書中少有血腥、暴力的橋段，布局巧妙且結構嚴密，手法純粹、知性，故事內容與人物性格融為一體，以高超的想像力結合說好故事的能耐，為推理小說開創新局面。克莉絲蒂推理全集重編改版，值得新舊讀者一起探索。

林怡辰（國小教師、教育部閱讀推手）

多年後，還是難忘第一次閱讀阿嘉莎．克莉絲蒂作品的感動和激動。

這套將近一世紀的作品，文筆流暢，邏輯縝密，過程中不斷與作者較量、猜出凶手，直到最後解答不禁佩服，蛛絲馬跡處處展現作者的精妙手法，於是又拿起另一部作品，再次沉溺在謀殺天后所編織的日常世界中的奇幻，無可自拔。犯罪動機和手法穿越時空限制，如今讀來合理且依舊令人感動，閱讀中趣味橫生，難怪成為後來諸多偵探小說的原型。

克莉絲蒂創作生涯中產出的八十部推理作品，至今多部躍上大銀幕，無怪乎被稱之為「經典」，喜愛推理偵探作品的人不可不讀，你會驚異於她在文字中施展的魔法！

張東君（推理評論家、科普作家）

我愛克莉絲蒂！這位在台灣有時會被稱為克奶奶的超級暢銷推理小說家，即使是自認沒讀過她的書的人，也都會在各種書籍或影視作品中看到對她致敬的片段。由於她喜歡旅行和冒險，那些經驗與體驗都成為書中的場景，因此閱讀她的作品時，不只是雀躍地跟著偵探推理，也有了虛擬的旅行體驗。或者當成旅遊導覽書，在出發去尼羅河、去英國鄉間、去搭船搭火車時，就塞一本克奶奶的作品到隨身背包中。

我還是大學新生時，就聽學姐說她哥哥經常看克奶奶的小說，而且邊看邊狂笑。於是我跟著效仿，在某次搭飛機之前買了第一本小說當旅伴，不只看得超開心，看完後還到處找尋書中出現的那種有兜帽的斗篷，當成出門時的必備用品。克奶奶的作品是跨越文字、國界的。只要看過一本，就會不停地追下去。還好，真的是還好只有八十本。何況這次是全新校訂的紀念珍藏版，當然不能錯過！

發光小魚（呂湘瑜）（文史作家、助理教授）

一部好的偵探小說，除了情節設計巧妙之外，還需要洞悉人性，如此方能合理地交代人物的言行舉止與動機。阿嘉莎．克莉絲蒂便是其中翹楚，她的作品不管是偵探、愛情小說或戲劇，必要元素都是謎題與人性。在寧靜無波的場景下暗潮洶湧，永遠都有意料之外，讀者的情緒也會隨著劇情的進行起伏糾結。克莉絲蒂觀察到時代的變化，將犯罪心理融入作品中，於是，看她的小說不只能得到解謎的快樂，同時對人性也能夠有所省思。

此外，克莉絲蒂豐富的人生歷練及旅行經歷，例如一九二二年的環球之旅、居住過也旅行過的巴黎和埃及，甚至是追隨考古學家丈夫前往的中東，都讓她的小說讀來更加充滿異國情調。如果你也愛旅行，不如就讓我們一同搭上那一班南法的藍色列車，或由伊斯坦堡出發的東方快車，跟著白羅鑽進一樁奇案，一嘗旅程中破解謎題的快感吧。

盧郁佳（作家）

國小時，家裡買了一套阿嘉莎．克莉絲蒂全集，從此成了我的毒品，在白癡課本將我的腦袋啃囓成海綿般空洞時，撫慰受創的心靈，那時我仍對人心險惡一無所知。

數學課教你列算式，樂趣遠不如克莉絲蒂教你住宅平面圖、偷換時序的密室魔術，你從庭園長窗進房間，我從房門直通鄰房，他從走廊進房……從而學會故事是建構邏輯。她文風多變，時而《四大天王》中讓神探白羅向助手海斯汀大賣關子，眉頭緊皺，山雨欲來，預示天翻地覆，只能靠他拯救世界；時而用維吉尼亞．吳爾芙《自己的房間》中俏皮的語言，讓貧苦村姑安妮在《褐衣男子》中回憶南非出生入死的冒險，竟源於她耽讀村裡圖書館爛舊的冒險愛情小說，還有戲院每週末放映〈帕米拉歷險記〉，帕米拉每集從飛機跳落高空、搭潛艇、爬上摩天大樓，每次被黑幫老大抓到總不一刀斃命，卻老要用瓦斯毒死她，暗示續集又會逃出生天。

長大才發現，克莉絲蒂小說就是我的〈帕米拉歷險記〉：它以歌劇般輝煌龐大的天真陰謀、精細的人際觀察（一句話重音放在哪個字、從膝蓋鑑定女人的年齡等），召喚年輕讀者抱持浪漫精神投入未知的壯遊，瘋魔、衝撞、冒犯，傷痕累累毫無懼色。正如瓦斯在冒險片中太多、現實中卻太少；陰謀在現實中沒有克莉絲蒂寫得那麼複雜，但她刻畫的心理卻是現實中解謎的試金石。

賴以威（臺灣師範大學電機系副教授）

或許可以為經典下幾個定義：該領域的愛好者更都讀過；不是這個領域的愛好者，許多人也都聽過；影響後續的作品，在很多著作中都可以看到它的影子；值得反覆再三閱讀，每隔一陣子再讀都可以獲得閱讀的樂趣，有更多的體悟。我永遠記得第一次讀《東方快車謀殺案》時，被那宛如嚴謹設計數學謎題的鋪陳、推進給深深吸引、震撼。從這幾個角度來說，克莉絲蒂的推理小說被稱之為「經典」，可說是當之無愧。

謝哲青（作家、旅行家、知名節目主持人）

克莉絲蒂小說的魅力在於透過每個角色的對白，藉由不斷的說話來表現人物的個性，以彰顯其人格特質中一些無法被忽略的事實。我們從他們的言語、講話的過程和字裡行間，竟然就能知道誰是凶手。

我從克莉絲蒂的小說學到很多，除了推理小說有趣的事實之外，最重要的是，我在工作的職場跟人應對的時候，如何從語言和對話裡去捕捉某些隱而不顯的事實。許多人們欲蓋彌彰的東西，無論心事也好、祕密也好，克莉絲蒂都會用文學的手法，讓你理解語言的奧妙和魅力。

克莉絲蒂的書寫會讓你覺得彷彿自己也在現場，你可以從聽到的對話當中，學會如何理解人心的一些小技巧，這是小說家最出色、最偉大的地方。我們必須學習傾聽別人說話——這些人講話是真誠的嗎？他想要跟你分享什麼資訊？這些資訊可靠嗎？——這是我在閱讀推理小說時，最大的收穫和理解。

阿嘉莎．克莉絲蒂大事記

1890		• 九月十五日出生於英格蘭德文郡托基鎮。
1894	4 歲	• 開始在家自學，父母親、姐姐教導閱讀、寫作、算術和彈鋼琴。
1895	5 歲	• 家中經濟走下坡，舉家搬至法國，學會流利的法語。
1905	15 歲	• 在巴黎寄宿學校學鋼琴和聲樂，但生性極度害羞，未成為職業鋼琴家，最終回到英國。
1907	17 歲	• 陪同母親前往埃及調養身體，對社交活動充滿興趣，但尚未對日後感興趣的埃及古物點燃熱情。 • 回英國後繼續寫作、參與業餘戲劇表演。
1908	18 歲	• 寫出第一篇短篇小說〈麗人之屋〉，同時也寫出第一部愛情小說《白雪黃漠》，以筆名向出版社投稿，但屢遭退稿。
1912	22 歲	• 與英國皇家軍官亞契．克莉絲蒂（Archibald Christie）熱戀。 • 八月爆發第一次世界大戰，亞契奉派到法國作戰。
1914	24 歲	• 耶誕夜結婚，亞契隨即返回戰場。克莉絲蒂參與紅十字會工作，在醫院擔任護士和藥劑師，因此對藥理和毒物非常熟悉，造就後來多部推理小說情節都以毒藥殺人。
1916	26 歲	• 開始嘗試寫推理小說，寫出第一部小說《史岱爾莊謀殺案》，主角偵探赫丘勒．白羅的靈感，來自於大戰期間英國鄉間的比利時難民營。本書歷經數家出版社退稿後，終獲柏德雷．海德（The Bodley Head）圖書公司的出版機會，之後並簽下另五本小說的合約。
1919	29 歲	• 前一年亞契返回英國，八月生下女兒露莎琳。

1920	30 歲	• 出版《史岱爾莊謀殺案》。
1922	32 歲	• 出版第二部小說《隱身魔鬼》，主角是夫妻檔偵探湯米和陶品絲。 • 與亞契至南非、澳洲、紐西蘭、夏威夷和加拿大等國旅行十個月，在南非得到《褐衣男子》的靈感。
1923	33 歲	• 三月出版第三部小說《高爾夫球場命案》，白羅再度登場。
1926	36 歲	• 四月母親過世，克莉絲蒂陷入憂鬱。 • 六月在「威廉・柯林斯父子出版社」出版《羅傑艾克洛命案》。 • 八月亞契因外遇提出離婚，十二月初一次爭吵後，克莉絲蒂離家棄車失蹤，消息登上全國新聞。
1927	37 歲	• 一月在悲痛心情中寫出《藍色列車之謎》，第一次創造出聖瑪莉米德村，即後來瑪波小姐居住的村子。 • 分居期間在雜誌刊登以白羅為主角的短篇小說，後來集結出版《四大天王》。 • 十二月在雜誌刊登短篇小說〈週二夜間俱樂部〉，瑪波小姐初登場，後來收錄在一九三二年出版的短篇小說集《十三個難題》。
1928	38 歲	• 十月正式離婚，仍保留「克莉絲蒂」姓氏。 • 秋天搭乘「東方快車」前往土耳其的伊斯坦堡，再轉往伊拉克首都巴格達，參觀考古現場烏爾，認識考古學家伍利夫婦（Leonard and Katharine Woolley）。
1930	40 歲	• 二月應伍利夫婦之邀再訪烏爾，認識考古學家麥克斯・馬龍（Max Mallowan），九月於英國愛丁堡結婚。這段婚姻開啟克莉絲蒂旺盛的創作生涯，兩人到中東考古現場的旅行為許多作品帶來靈感。

		• 婚後克莉絲蒂開始維持固定的寫作行程。十月出版《牧師公館謀殺案》，是第一部以瑪波小姐為主角的小說。 • 出版第一部以「瑪麗・魏斯麥珂特」（Mary Westmacott）為筆名的《撒旦的情歌》，並陸續發表了五部非犯罪小說。
1932	42 歲	• 出版《危機四伏》。
1934	44 歲	• 出版《東方快車謀殺案》，是白羅海外辦案三部曲之一，故事靈感來自中東的旅行經歷。一九七四年第一次改編成電影大獲好評。
1936	46 歲	• 出版《美索不達米亞驚魂》，白羅海外辦案三部曲之二。
1937	47 歲	• 出版《尼羅河謀殺案》，白羅海外辦案三部曲之三，故事背景是年輕時與母親同遊的埃及。一九七八年第一次改編成電影大受歡迎。
1939	49 歲	• 二次大戰期間，克莉絲蒂在大學學院醫院擔任義務藥師，學習到最新的毒藥知識，對於推理小說寫作大有助益。 • 出版《一個都不留》，是克莉絲蒂最著名作品之一。
1941	51 歲	• 出版《密碼》，呈現出克莉絲蒂對戰爭的看法。 • 出版《豔陽下的謀殺案》。
1942	52 歲	• 出版《藏書室的陌生人》、《五隻小豬之歌》等名作。
1944	54 歲	• 以「瑪麗・魏斯麥珂特」為筆名出版第三部作品《幸福假面》，被美國書評人發現是克莉絲蒂的作品，讓她從此失去匿名創作的自在樂趣。

1950	60 歲	• 獲選為皇家文學學會的會員。
1953	63 歲	• 出版《葬禮變奏曲》。
1956	66 歲	• 一月獲頒大英帝國爵級大十字勳章（GBE）。 • 十一月以「瑪麗．魏斯麥珂特」為筆名出版《愛的重量》，是這個筆名的最後一部作品。
1958	68 歲	• 成為「偵探作家俱樂部」主席。
1960	70 歲	• 馬龍獲頒大英帝國爵級大十字勳章。
1961	71 歲	• 獲得艾克塞特大學頒發榮譽文學博士學位。
1968	78 歲	• 馬龍獲封為爵士，克莉絲蒂亦被稱為馬龍爵士夫人。
1971	81 歲	• 獲頒大英帝國爵級司令勳章（DBE），獲封為女爵士。
1973	83 歲	• 出版最後一部創作《死亡暗道》，亦為湯米和陶品絲最後一次辦案。
1974	84 歲	• 最後一次公開露面，出席電影《東方快車謀殺案》首映會。
1975	85 歲	• 八月六日，白羅成為有史以來第一次在《紐約時報》頭版刊出訃聞的小說主角，宣傳九月即將出版的《謝幕》，這也是白羅最後一次辦案。
1976	86 歲	• 一月十二日去世。 • 十月出版《死亡不長眠》，瑪波小姐的最後一次辦案。

克莉絲蒂推理原著出版年表

1920　史岱爾莊謀殺案 The Mysterious Affair at Styles（神探白羅系列）
1922　隱身魔鬼 The Secret Adversary（神探湯米＆陶品絲系列）
1923　高爾夫球場命案 The Murder on the Links（神探白羅系列）
1924　白羅出擊 Poirot Investigates（神探白羅系列）
1924　褐衣男子 The Man in the Brown Suit（神探雷斯上校系列）
1925　煙囪的祕密 The Secret of Chimneys（神探巴鬥主任系列）
1926　羅傑艾克洛命案 The Murder of Roger Ackroyd（神探白羅系列）
1927　四大天王 The Big Four（神探白羅系列）
1928　藍色列車之謎 The Mystery of the Blue Train（神探白羅系列）
1929　七鐘面 The Seven Dials Mystery（神探巴鬥主任系列）
1929　鴛鴦神探 Partners in Crime（神探湯米＆陶品絲系列）
1930　牧師公館謀殺案 The Murder at the Vicarage（神探瑪波系列）
1930　謎樣的鬼豔先生 The Mysterious Mr. Quin（神探鬼豔先生系列）
1931　西塔佛祕案 The Sittaford Mystery
1932　十三個難題 The Thirteen Problems（神探瑪波系列）
1932　危機四伏 Peril at End House（神探白羅系列）
1933　十三人的晚宴 Lord Edgware Dies（神探白羅系列）
1933　死亡之犬 The Hound of Death
1934　三幕悲劇 Three Act Tragedy（神探白羅系列）
1934　李斯特岱奇案 The Listerdale Mystery
1934　帕克潘調查簿 Parker Pyne Investigates（神探帕克潘系列）
1934　東方快車謀殺案 Murder on the Orient Express（神探白羅系列）
1934　為什麼不找伊文斯？ Why Didn't They Ask Evans?
1935　謀殺在雲端 Death in the Clouds（神探白羅系列）
1936　ABC 謀殺案 The A.B.C. Murders（神探白羅系列）
1936　底牌 Cards on the Table（神探白羅系列）
1936　美索不達米亞驚魂 Murder in Mesopotamia（神探白羅系列）

1937 巴石立花園街謀殺案 Murder in the Mews（神探白羅系列）
1937 尼羅河謀殺案 Death on the Nile（神探白羅系列）
1937 死無對證 Dumb Witness（神探白羅系列）
1938 白羅的聖誕假期 Hercule Poirot's Christmas（神探白羅系列）
1938 死亡約會 Appointment with Death（神探白羅系列）
1939 一個都不留 And Then There Were None
1939 殺人不難 Murder Is Easy（神探巴鬥主任系列）
1940 一，二，縫好鞋釦 One, Two, Buckle My Shoe（神探白羅系列）
1940 絲柏的哀歌 Sad Cypress（神探白羅系列）
1941 密碼 N Or M?（神探湯米＆陶品絲系列）
1941 豔陽下的謀殺案 Evil Under the Sun（神探白羅系列）
1942 五隻小豬之歌 Five Little Pigs（神探白羅系列）
1942 藏書室的陌生人 The Body in the Library（神探瑪波系列）
1942 幕後黑手 The Moving Finger（神探瑪波系列）
1944 本末倒置 Towards Zero（神探巴鬥主任系列）
1944 死亡終有時 Death Comes as the End
1945 魂縈舊恨 Sparkling Cyanide（神探雷斯上校系列）
1946 池邊的幻影 The Hollow（神探白羅系列）
1947 赫丘勒的十二道任務 The Labours of Hercules（神探白羅系列）
1948 順水推舟 Taken at the Flood（神探白羅系列）
1949 畸屋 Crooked House
1950 謀殺啟事 A Murder Is Announced（神探瑪波系列）
1951 巴格達風雲 They Came to Baghdad
1952 殺手魔術 They Do It with Mirrors（神探瑪波系列）
1952 麥金堤太太之死 Mrs. McGinty's Dead（神探白羅系列）
1953 黑麥滿口袋 A Pocket Full of Rye（神探瑪波系列）
1953 葬禮變奏曲 After the Funeral（神探白羅系列）

1954　未知的旅途 Destination Unknown
1955　國際學舍謀殺案 Hickory, Dickory, Dock（神探白羅系列）
1956　弄假成真 Dead Man's Folly（神探白羅系列）
1957　殺人一瞬間 4:50 from Paddington（神探瑪波系列）
1958　無辜者的試煉 Ordeal by Innocence
1959　鴿群裡的貓 Cat Among the Pigeons（神探白羅系列）
1960　哪個聖誕布丁？ The Adventure of the Christmas Pudding（神探白羅系列）
1961　白馬酒館 The Pale Horse
1962　破鏡謀殺案 The Mirror Crack'd from Side to Side（神探瑪波系列）
1963　怪鐘 The Clocks（神探白羅系列）
1964　加勒比海疑雲 A Caribbean Mystery（神探瑪波系列）
1965　柏翠門旅館 At Bertram's Hotel（神探瑪波系列）
1966　第三個單身女郎 Third Girl（神探白羅系列）
1967　無盡的夜 Endless Night
1968　顫刺的預兆 By the Pricking of My Thumbs（神探湯米＆陶品絲系列）
1969　萬聖節派對 Hallowe'en Party（神探白羅系列）
1970　法蘭克福機場怪客 Passenger to Frankfurt
1971　復仇女神 Nemesis（神探瑪波系列）
1972　問大象去吧 Elephants Can Remember（神探白羅系列）
1973　死亡暗道 Postern of Fate（神探湯米＆陶品絲系列）
1974　白羅的初期探案 Poirot's Early Cases（神探白羅系列）
1975　謝幕 Curtain: Hercule Poirot's Last Case（神探白羅系列）
1976　死亡不長眠 Sleeping Murder（神探瑪波系列）
1979　瑪波小姐的完結篇 Miss Marple's Final Cases（神探瑪波系列）
1991　情牽波倫沙 Problem at Pollensa Bay
1997　殘光夜影 While the Light Lasts

國家圖書館出版品預行編目（CIP）資料

法蘭克福機場怪客 / 阿嘉莎・克莉絲蒂（Agatha Christie）著；朱輝軍譯. -- 二版.-- 臺北市：遠流出版事業股份有限公司, 2024.10
面；　公分. -- (克莉絲蒂繁體中文版20週年紀念珍藏；79)
譯自：Passenger to Frankfurt
ISBN 978-626-361-902-9(平裝)

873.57　　113012942

克莉絲蒂繁體中文版 20 週年紀念珍藏 79

法蘭克福機場怪客

作者 / 阿嘉莎・克莉絲蒂
譯者 / 朱輝軍

主編 / 陳懿文、余式恕　校對 / 呂佳眞
封面、內頁設計 / 謝佳穎　排版 / 連紫吟、曹任華
行銷企劃 / 舒意雯　出版一部總編輯暨總監 / 王明雪

發行人 / 王榮文
出版發行 / 遠流出版事業股份有限公司
地址 / 104005臺北市中山北路一段11號13樓
電話 / (02)2571-0297　傳眞 / (02)2571-0197　郵撥 / 0189456-1
著作權顧問 / 蕭雄淋律師

2004年4月1日 初版一刷
2024年10月1日 二版一刷
定價 / 新臺幣380元（缺頁或破損的書，請寄回更換）

ISBN 978-626-361-902-9

遠流博識網 http://www.ylib.com　E-mail: ylib@ylib.com
遠流粉絲團 https://www.facebook.com/ylibfans